Prometo No Morir

Prometo No Morir

Taiyo Ki

Published by Tablo

Copyright © Taiyo Ki 2021.
Published in 2021 by Tablo Publishing.

All rights reserved.

This book or any portion thereof may not be reproduced or used in any manner whatsoever without the express written permission of the author except for the use of brief quotations in a book review.

Publisher and wholesale enquiries: orders@tablo.io

20 21 22 23 LSC 10 9 8 7 6 5 4 3 2 1

Table of Contents

Introducción	1
:)	3
1: Autoestima	13
2: Traumas	29
Aceptación	35
3: Perdón	37
4: Integración	43
Cambio	49
5: Hábitos	51
6: Rutinas	57
Vida Social	63
7: Familia	65
8: Amistades	73
Crisis	83
9: Ansiedad	85
10: Depresión	93
Empatía	99
11: Amabilidad	101
12: Límites	105
Control	109
13: Motivación	111
14: Paz	117
Final	123

15: Está bien NO estar bien   **125**

Agradecimientos   **135**

Introducción

:)

Antes de comenzar, me gustaría agradecerte por elegir este libro. Debo confesar que es la primera vez que escribo algo tan distinto a mis usuales géneros literarios. Estoy emocionada por empezar esta pequeña aventura que decidí grabar en estas hojas. Seré una persona honesta a lo largo de la historia que te voy a contar. Espero que lo disfrutés ¡Gracias por leer y ayudarme a crecer como escritora!

En este libro hablaré de varios temas, algunos más agradables que otros, sin embargo, todo se basa en la búsqueda del amor propio. Me gustaría decirte que soy de esas personas exitosas que por fin lograron estabilidad y que después de una gran caminata por la vida encontraron el ritmo del amor propio; ya que debemos entender que esto es una tarea continua, es algo que debemos darnos constantemente hasta el día en que partamos de esta vida. No obstante, no soy esa clase de persona, apenas estoy comenzando el camino y quisiera compartir mi experiencia y el proceso mientras sucede, en vez de contarlo como una anécdota de mi pasado.

Si estás en el mismo lugar que yo, iniciando tu búsqueda al amor propio...¡No te rindás! Vos podés, todos podemos, yo te apoyo. Solo recordá que al final del día, la única persona que nunca te va a dejar sos vos y ese es uno de los regalos más valiosos que nos da la vida.

"

La única persona que nunca te va a dejar sos vos y ese es uno de los regalos más valiosos que nos da la vida.

Tal vez debería haber iniciado con un tema menos pesado que este; sin embargo, creo que es un asunto que hoy es muy pero muy común, y mucha gente no está haciendo nada al respecto. Y es gracias a esto que hoy escribo este libro. Probablemente estés en el mismo bote que yo, o a lo mejor no. De cualquier manera, creo que está bien ser libre de hablarlo. Me sorprende ver que aún es tabú para muchas personas hablar de algo similar a la depresión o solamente de ver a un psicólogo o psiquiatra. Quiero empezar por romper algunos estereotipos de la gente con depresión. De una vez aclaro que no soy profesional en el tema, de hecho, apenas tengo 17 años y me falta toda una vida, pero puedo decirte que sé lo que se siente tener una depresión bien pero bien profunda, de esas que parecen tu segunda piel.

Una vez conocí a una persona con la cual compartía ese sentimiento de soledad o carencia en la vida. Me entendía a la perfección la mayoría de las veces, y también sabía lo que eran las malas prácticas de escape para situaciones como esta. Recuerdo que en una de nuestras tantas conversaciones me quejé por tener otra recaída, esta persona me cortó en seco y me preguntó: *"¿Para vos qué es la depresión?"*, por concepto me sé de memoria lo que es, pero ¿cómo poner la experiencia en palabras? Como no supe responder, decidí hacer la misma pregunta, a lo que esta persona me respondió: *"Como siempre he estado bajo la depresión, olvidé lo que era estar sin ella"*.

Para mí fue una respuesta inesperada, apenas terminé de leer el pequeño párrafo con su respuesta no pude evitar llorar. Me di cuenta que desde hace muchísimos años había estado tan deprimida que se me había olvidado lo que era sonreír genuinamente, o lo que era no estar en ese estado de desesperación, de supervivencia constante, en un estado que continuamente me consume y me destruye.

Siento que he desperdiciado un largo período de mi corta vida y no puedo explicar lo que saber eso me repugna. He escuchado a lo largo del tiempo a muchos adultos decir que un adolescente o un niño no pueden sufrir de depresión, que en estas etapas de nuestras vidas sentimos que es el fin del mundo, que vivimos del drama y que no tenemos una razón real por la cual sufrir. Lo he escuchado de profesores, familiares, adultos que han cruzado su camino conmigo, etc. Querido lector, si sos adolescente quiero decirte que ESTÁ BIEN si te sentís mal, que tenés derecho a sentir que el mundo se te derrumba, que está bien llorar y sufrir algún dolor que te esté causando una situación en este momento de tu vida, está bien y no hay por qué privarse de sentir esas emociones. Y si sos adulto, me gustaría preguntarte ¿Cómo eras vos a tus 12 años o a tus 17? ¿Cómo has logrado avanzar? ¿Acaso no te sentís de algún modo similar en tu vida adulta?

Cuando escuchaba a gente decir cosas como estas me sorprendía, porque siempre pensé que era extraño. Si sos adulto significa que pasaste por esa etapa, que en algún momento tuviste que sentirte así de impotente. ¿Dónde quedó eso? En lugar de tener esa empatía y decirle a una persona que no se rinda, le quitan valor al sentimiento y esto solo causa represión en las personas, que al crecer no sabrán qué hacer con todo eso que en su momento no pudieron decir.

Eso es de lo que este mundo carece: empatía. Pero no hay que esperar a que alguien sea empático con nosotros, porque podemos hacerlo primero. Hace unos meses tuve una conversación con mi mamá, era una de esas épocas del mes en que quería tirarme en mi cama y no hacer absolutamente nada en la vida más que llorar y engordar, y de alguna manera terminamos hablando de amor propio, no recuerdo lo que nos llevó a esa conversación, pero lo que mi mamá me dijo aquella noche me dejó pensando hasta el día de hoy. Ella dijo: *"¿Por qué creés que la gente busca amor en otras personas? porque sabemos que el amor propio es difícil, entonces es más fácil dejarle la tarea a alguien más"*.

"

No hay que esperar a que alguien sea empático con nosotros, porque podemos hacerlo primero.

Puede que algunas personas estén en desacuerdo con las palabras de mi mamá, pero a mí me dejó un amplio espacio para filosofar. ¿Por qué necesito o anhelo tanto la aprobación ajena? ¿Acaso los demás vivirán por mí? Llegué a la conclusión de que quiero a gente a mi alrededor que me acompañe en mi camino, no que lo camine por mí. Quiero llegar a conocer ese sentimiento de amor y ser capaz de compartirlo con muchas, pero muchas personas. Y es aquí donde me encuentro a mis peores enemigos: **Depresión, miedo, ansiedad, poca fe, impotencia y pereza.**

No obstante, no te hablaré de mis miserias, este año he tenido el espacio para reflexionar de muchísimas cosas. La primera fue que, gracias a la pandemia, me di cuenta de lo mucho que odio salir de mis cuatro paredes y mi cama, lo mucho que me estresa hablar con las personas no tan cercanas y la excesiva cantidad de tiempo que le aporto a mi mente.

Al principio de la cuarentena me sentí bien, estaba en mi zona de confort y podría llevar mi propio ritmo. Comencé a llevar terapia psicológica, por lo que en su momento me pude estabilizar. Admito que mi fe en la Psicología es escasa; sin embargo, creo que es mejor tener la oportunidad de la terapia a no tenerla, porque soy esa clase de persona que se da cuenta a las tres de la madrugada de que no tiene a nadie con quién compartir sus preocupaciones, su dolor o sus problemas, y termina sumergida en un pozo sin salida. No necesariamente debe ser un psicólogo, pero siempre es bueno tener a alguien que te sepa escuchar, que no te juzgue, que pueda decirte que a pesar de que todo está oscuro en este momento, ya llegará el momento de luz en tu vida. Y lo más importante de todo: QUE NO TE TENGA LÁSTIMA.

En mi opinión, una de las peores cosas que podés hacerle a alguien es tenerle lástima, y uno de los mayores insultos que podés darte es tenerte lástima. ¿Por qué? porque además de ganar absolutamente nada con ello, estás quitándote el valor que merecés y no estás creyendo en la capacidad que tiene el otro, o vos mismo, para lograr lo que sea. Anteriormente dije que está bien sentir que es el fin del mundo, que está bien llorar y sentirse frustrado, y me mantengo firme en ese pensamiento; sin embargo, no está bien echarse a morir y no levantarse. Entre la empatía y la lástima hay una fina y frágil frontera que podemos cruzar. Sí, estoy de acuerdo, hay momentos en tu vida donde tenés que parar, tenés que salirte del tren en el que vas para respirar y observar el paisaje del que te estás perdiendo por la alta velocidad a la que vas, y está bien darte el espacio para sanar, para crecer y para descansar, en lo que no estoy de acuerdo es cuando decís que no podés, que sos insuficiente para algo.

Hoy me di cuenta de eso, estaba sumergida en mi depresión, la realidad me volvió a pegar: saber que mi vida no tiene sentido alguno y que si me muero mañana me da lo mismo. Pero comencé a entrar nuevamente en un estado negativo donde caería aún más, y dejaría de pensar racionalmente. Como quiero salir de ese estado a toda costa, suelo distraerme con muchas actividades para no cometer actos de los que no me siento orgullosa. Estaba acostada en mi cama y miré a mi alrededor. Hace unos días ordené mi espacio, después de casi tres meses sin hacer otra cosa más que desordenar. Sentí cierto placer al ver que la mayoría seguía ordenada y que solo mi ropa comenzaba a desordenarse, pero había un gran sentimiento de malestar que desde hace días no lograba quitarme.

Usualmente cuando me siento así leo, estudio, busco responsabilidades pendientes, me enfoco en el arte o veo algún programa, entre otras actividades. No porque sea algo interesante, solo porque ocupo algo que apague completamente mi mente. Aquí viene uno de los estereotipos que me gustaría romper: no todas las personas con depresión consumen antidepresivos. En lo personal no me gustan porque siento como si me desconectaran del mundo y veo mi vida pasar como si fuera una serie de televisión, está bien que neutralicen los sentimientos y pensamientos que puedan poner mi vida en riesgo, pero también neutralizan las demás emociones.

Como me niego a consumir pastillas, me comprometí conmigo misma a buscar alternativas saludables para mantenerme estable, por así decirlo. ¿Quién diría que por odio a algo me mantendría firme en otras cosas? No obstante, nada me ha funcionado últimamente y es desesperante. Mientras buscaba alguna alternativa, vi mis zapatos y me quedé analizando cada uno de ellos, pensé en cuáles eran los más cómodos o cuáles eran los más feos, viejos o nuevos.

Llegué a la conclusión de que no podía seguir en ese estado. No puedo explicarte lo que odio sentirme así de vacía, como si la vida fuera un infierno en carne y hueso. Sentir que nada tiene sentido, que solo me encuentro robando oxígeno y que le estorbo a cada persona en este planeta. Odio sentir que soy menos, y lo que más odio de todo es odiarme todos los días de mi vida. Abrir los ojos en medio de la noche por el insomnio y decir *"ah cierto, sigo respirando, sigo siendo yo"*. Si bien mi cama me gritaba que me quedara ahí, desperdiciando mi tiempo como lo he estado haciendo las últimas semanas de junio y las primeras de julio, decidí cambiar mi estilo de vida. Me cambié de ropa y me miré al espejo, intenté no pensarlo mucho y salí de mi casa.

Lo primero que dije fue: odio caminar y odio correr. No son mis actividades deportivas favoritas, pero es lo que tengo en este momento y por algo debo empezar. ¿El resultado? Bueno, terminé con dolor en el pecho, dolor de cabeza y las piernas entumecidas. Había pasado de estar acostada por meses y sin moverme en lo absoluto a correr, trotar y luego caminar casi dos kilómetros. Al tomar un descanso maldije por haber tenido la mala idea de salir al mundo nuevamente. Y como la cuarentena está presente, todas las áreas verdes cercanas estaban con cintas amarillas que prohibían el paso, por lo que no pude sentarme en alguna banca. ¡Fue increíble!, ¡hasta en mi descanso quemé calorías!

¿Por qué salí a correr? porque en vez de seguir deprimida y a punto de hacer algo de lo que podría haberme arrepentido después, preferí escapar de mi realidad un rato. Sonará extraño, pero muchas veces hacer las cosas que me gustan me deprime, en especial el deporte. Pero no quita esa explosión de adrenalina que me produce tener alguna actividad física. Durante mi pequeña aventura deportiva me llamó la atención la cantidad de gente que salió a correr o andar en bicicleta. Me pregunté quién en su sano juicio saldría a correr. Porque, lo de la bicicleta lo puedo entender, ¿pero correr? Uy no, es horrible. Sin embargo, pensé que tal vez todas aquellas personas salieron a correr por alguna razón similar a la mía. El querer escapar de algo, sea de un lugar, de un pensamiento, de una emoción o simplemente querer sentirse vivo. También tuve que aceptar la idea de que hay personas en este mundo que disfrutan de esta actividad, no todos piensan o sienten como yo.

Pensé que, si no hubiera sido porque hay que mantener distancia entre las personas por el COVID-19, tal vez me hubiese atrevido a preguntarle a alguien la razón por la cual había salido a correr; pero luego me reí porque, aunque no estuviera la pandemia, sé que hablar con gente nueva no es mi pasatiempo favorito. Si bien es interesante, me causa algo de estrés y no me gusta la idea de incomodar a alguien.

Salí a hacer deporte porque, a pesar de que aún no me siento lista para volver al mundo, sé mejor que nadie que si me quedo encerrada en cuatro paredes a oscuras jamás estaré preparada para enfrentar mi vida. No obstante, algo que siento, que se me da bien y que disfruto hacer, es escribir. Creo que es lo que mejor sé hacer y por ello decidí tener una razón para salir adelante.

Después de los primeros cien metros ya quería devolverme a mi casa; tal vez porque, en vez de empezar suave, decidí comenzar a correr apenas salí a la calle. No soy tonta, entiendo que uno no debería exigirse tanto cuando está tan fuera de condición física; sin embargo, mi adrenalina y ansiedad eran tan fuertes que la única manera de calmarme era gastando mi energía de manera abrupta. Como mencioné antes, no había un lugar cercano en el cual pudiera sentarme a recuperar el aire. Lo único que me quedó fue seguir adelante. Obviamente, bajé el ritmo, y otra cosa que finalmente entendí fue que no importaba lo cansada que estuviera, rendirme jamás sería una opción.

Entendí que no podía enojarme con mi cuerpo por no dar la talla, porque era mi responsabilidad cuidar de él y no la cumplí. Algo que siempre supe mentalmente pero que jamás integré. Durante los siguientes cuatrocientos metros me pasé analizando y acepté una realidad: era mía y solamente mía la responsabilidad de estar bien. Nadie me va a salvar en esta vida, no es el deber de nadie hacerlo, al igual que nadie me dirá cómo vivir mi vida. Nacimos solos y moriremos solos. Claramente podemos compartir espacios en el camino con otras personas; pero, como dije antes, al final del día soy lo único que no me abandonará.

> *Entendí que no podía enojarme con mi cuerpo por no dar la talla, porque era mi responsabilidad cuidar de él y no la cumplí, porque es mía y solamente mía la responsabilidad de estar bien.*

Durante ese trayecto, mi cabeza explotó en temas para comentar en este libro. Al principio no creí que fuera buena idea empezarlo y en algún momento desistí de la inspiración, ya que me volví a tirar a la cama exhausta. No obstante, me enojó saber que mucha gente ha logrado sentirse bien con ellos mismos y yo no lo he logrado. Me levanté y, después de varios días sin atenderme, me di un buen baño y lo disfruté. Me tomé el tiempo para agradecerles a mis piernas por todos los lugares a los que me han llevado, a mis pies por mantenerme de pie y firme, a mis manos por todas las veces que me he caído en el camino y me han servido de apoyo para levantarme, también agradecí a mi pobre corazón, aunque en su momento sentí que iba a vomitarlo por el cambio drástico en mi actividad física, le agradecí por seguir latiendo y por enviar continuamente la sangre suficiente para seguir funcionando a pesar de descuidar tanto mi vida.

> *Agradecí a cada parte de mi cuerpo porque es mi hogar.*

Cuando salí del baño abrí las ventanas y dejé que la luz entrara en mi cuarto. Te juro que sentí lo que algún vampiro sentía cuando el sol le quemaba la piel. Sacudí mis sábanas y arreglé mi cama; luego de eso, aproveché la inspiración para crear la portada y comenzar a escribir. Me gustaría aclarar que esto no es una guía real al amor propio, creo que no hay alguna guía, pero si te sirve algo de lo que experimentaré en este libro me alegro muchísimo por adelantado.

Verás, no es mi primera vez experimentando el sentimiento de querer salir adelante, de querer vivir mi vida, de querer volar y ser libre. Durante muchos años he leído, buscado videos en YouTube para ver como subir mi autoestima, he buscado actividades nuevas para tener pequeños logros, he hecho experimentos y he fracasado en todos. También me compré un montón de estos diarios guiados para aprender a amarme y muchas cosas y TODOS los llené. Investigué sobre personas con situaciones similares a la mía y cómo salían adelante, he hecho dietas y horarios, me atrevo a decir que lo he intentado casi todo. Pero, por alguna razón, a mí no me ha funcionado ninguna de las anteriores.

Así que decidí probar una nueva manera, una que pueda compartir más adelante con otras personas que tal vez se encuentran en la misma posición o en alguna similar.

Así que aquí estamos, adentrándonos a una aventura de amor propio sin manual, sin reglas fijas y algunos consejos que puedan llegar a servir en nuestro diario vivir. ¿Tengo nervios y miedo? Bastante, porque, desde mi punto de vista, me encuentro a unos segundos de dar un gran salto a ciegas del cual no habrá vuelta atrás. Pero, como dice Alejandro Jodorowsky: *"Si no soy yo, ¿quién? Si no es así, ¿cómo? Y si no es hoy ¿cuándo?*

1: Autoestima

¿Cuál será realmente el significado de esta palabra? El concepto me lo sé; sin embargo, hay muchísimas personas que me han llegado a decir que jamás habían conocido a alguien con tan baja autoestima como la mía. Recuerdo una vez que alguien me dijo: *"Yo tenía la corona de la persona con menor autoestima, pero debo admitir que me ganás en la batalla, te heredo el trono"*. Otra llegó a decirme con total tranquilidad: *"Tu autoestima se encuentra en la capa más interna de la Tierra"*. ¡Ni yo lo hubiera pensado! Yo suelo decir que la tengo a unos, no sé... ¿seis metros bajo tierra? Pero cuando la gente comienza a afirmarte que no tenés algo como esto, creo que es más claro que el agua que algo está fallando.

Y de paso advierto, no es fácil levantarla, tampoco es fácil mantenerla. El psicólogo al que asisto me dijo el otro día que él no creía que la autoestima llegara a estar al 100% en una persona. Es cierto, dudo mucho que alguien tenga una demasiado alta sin pasar a ser narcisista o arrogante. Pero sí creo que muchas personas tienen una autoestima balanceada y firme que les permite vivir una vida más placentera.

Mi vida, por otro lado, se ha encargado de darme tarea tras tarea para ver si logro mantenerme en pie, y de alguna manera lo he logrado. Sin embargo, la factura siempre me cobra con mi autoestima. Sé cómo levantarla, sé cómo mantenerla, pero es difícil dependiendo de las circunstancias. La manera más fácil que he logrado encontrar hasta ahora ha sido el cuidado de la imagen propia. Mucha gente pensará que es algo superficial, pero esto depende de por donde se le mire.

Esta manera la conocí cuando me fui a vivir un año al extranjero, fue una gran oportunidad para crecer y visitar nuevos lugares, conocer nuevas personas, tener nuevas experiencias. Mas lo que mucha gente no entiende es la gran marca que me dejó y no precisamente positiva. Agradezco la oportunidad que tuve y busco sacar todo lo positivo de la experiencia.

Tal vez fue mi error, tener expectativas de cómo sería. En mi cabeza pasaba esa imagen de típica novela donde el personaje principal se va al extranjero y vuelve con un cambio radical que le beneficia en su nueva vida. Esa era mi idea, era lo que buscaba, pero al final sucedió todo lo contrario. Cuando regresé me sentía peor de como me había ido, ahora me daba miedo expresar mis sentimientos. Fue la constante impotencia que viví; no lograba salir de eso y, de hecho, aún no lo logro. Muchos se preguntarán: *"Si tan mala fue la experiencia, ¿por qué no volvió antes?"*, lo cual es válido. Antes no habría podido responderla porque no quería sonar malagradecida. De nuevo, amé muchísimas cosas de la oportunidad, viajé y aprendí. Y, si por alguna razón me dijeran que debo repetirlo, lo haría sin dudar, porque la oportunidad valió la pena. Solo que, claramente, cambiaría muchas cosas de las cuales me arrepiento.

Para responder a la pregunta, la razón por la cual no desistí cuando tenía la oportunidad, fue porque quería probarme que yo servía para algo, que no era una cobarde o una vaga que renunciara a todo apenas las cosas se ponían difíciles.

Quería quedar satisfecha y pensar que yo no era tan inútil como siempre me había sentido. Además, habría sido un golpe a mi orgullo devolverme en media carrera cuando me había esforzado demasiado para poder estar en ella. Fue gracias a esa meta que pasé de ser mediocre a una buena alumna, o al menos una aceptable. Y eso me quitó un grandísimo peso de encima. Saber que soy capaz de algo. Aunque me costara autoestima o seguridad, lo había logrado. Ese sentimiento solamente yo lo podía compartir conmigo, porque nadie más iba a entender.

Para hacer un poco soportables los días malos, decidí reducir mis gastos de comida y aprovechar mejor el dinero en mi posesión, así que comencé a ir a tiendas de maquillaje y me gastaba casi todo mi dinero en mascarillas humectantes y productos básicos, entre otras cosas. Y me daba esos espacios donde lo único que importaba era yo. Algo que sirve increíblemente para levantar la autoestima es tomarse una tarde libre y dedicarse únicamente a uno, sea que te guste maquillarte y crear un *spa* casero; o sea te guste comer. entonces vas a la cocina y te preparás un delicioso banquete solamente para vos; o si te gusta el deporte, entonces dedicás gran parte de tu día a actividades físicas. Es darse el espacio para recordar lo que te gusta y hacerlo, para hacer un lazo más fuerte con vos mismo y saber relajarse.

"

Es darse el espacio para recordar lo que te gusta y hacerlo, para hacer un lazo más fuerte con vos mismo y saber relajarse.

No debe ser todos los días, tal vez la agenda esté algo ajustada a diario, pero nunca está de más tener un día una vez al mes (mínimo) para darse un gusto. Lo bueno de hacer estas cosas es que también te enseña a estar solo. He conocido a muchas personas que no pueden estar solas, lo odian, y no debería de ser así. Deberíamos ser capaces de estar con nosotros mismos cuando sea.

La autoestima es saber lo que te beneficiará y poder rechazar lo que te hará daño. No solamente es amarse físicamente o hacer esa clase de actividades, también se puede presentar en cuidarse de algo que no nos guste. Por ejemplo las drogas, alguien puede decir que no quiere drogarse porque sabe que no le traerá ningún beneficio, eso es tener alguna clase de autoestima. Al menos le importa cómo se encuentra su cuerpo. ¡Y es que de eso se trata todo! El cuidado de tu imagen implica estar saludable, estar pendiente de cómo andás vestido, de si te arreglaste o no para alguna ocasión. No apoyo los estereotipos. Para las mujeres: no digo que tengás que ponerte cuarenta kilos de maquillaje encima, no. A lo que voy es a que debemos ser conscientes de cómo nos vemos, no porque tenemos que ser modelos profesionales, sino porque es algo que hacés para vos y solamente para vos.

Yo soy una persona que, tenga el pelo largo o no, nunca me he molestado en peinarme. Me quita mucho tiempo, y cuando tenía el pelo largo me cansaba tener que estar peinándolo. En su momento, decidí aprender peinados y aplicarlos en mí. Me sentía bien, aunque perdí la costumbre y la práctica cuando me corté el pelo. El otro día vi unos accesorios para la cabeza que estaban muy bonitos, miré a mi mamá con ojitos de cachorro y ella me dijo: *"pero si vos no usás esas cosas"*. Mi respuesta fue algo como: *"no las uso porque no las tengo"*. Y es cierto, pero eso no es una excusa para no arreglarme el pelo. Debería importarnos cómo nos vemos porque significa estar bien, más allá de lo que la gente diga, significa que te importa.

En algunas culturas, la imagen personal es sumamente importante por esa misma razón, imaginá que sos dueño de una gran empresa o que tenés un puesto alto y toca contratar a alguien nuevo. Los candidatos se van a arreglar para la entrevista, primero, porque quieren el trabajo y les importa, y segundo, porque es respeto. Si no ves necesario arreglarte para vos, entonces hacelo por respeto a otros. ¿Irías a una casa ajena con mal aliento? La imagen demuestra cuánto te importa algo que vaya a suceder en tu vida a diario. Por eso uno se arregla para las entrevistas, o para eventos especiales, por eso es importante cuidarnos, pero la prioridad en estos casos es arreglarnos por y para nosotros solamente. Yo pude haber salido a correr con mi pantalón de pijama y la sudadera con la que estaba durmiendo, pero decidí cambiarme por ropa fresca, peinarme para que el pelo no me estorbara en la cara, ponerme ropa deportiva para meterme en el ambiente de *"Oh sí, soy una persona productiva, me siento activa y voy a correr la milla"*. Aunque terminé por arrepentirme de la decisión.

No importa si vas a salir a la pulpería de la esquina, ¿qué tiene de malo dejar que vos hagás BUM? ¿Qué hay de malo en permitirte brillar? No necesitás muchas cosas para sentirte bien, si te gusta maquillarte, pues adelante. Si no te gusta hacerlo, no importa. Hay muchas maneras de arreglarse sin maquillaje. Jugar con la ropa, cuidar nuestra postura, la salud, comer bien, mantenerse activo. Y es algo que me he dado cuenta, ¿Querés saber uno de mis problemas? Suelo ocultarme de la gente, me cierro demasiado en mi propio mundo porque me da miedo que la gente vea quién soy. Me da miedo ser yo misma porque estoy acostumbrada al rechazo. No obstante, me pregunto frente al espejo y te pregunto a vos, ¿qué tiene de malo dejarse ver por el mundo?

Exponerte a que la gente te vea, sos una obra de arte única y toda obra de arte merece ser apreciada.

Es innecesario seguir los estereotipos de la sociedad. Si sos mujer, no es necesario que seás 90-60-90 para poder verte bien, para poder sentirte bien con vos misma. Y si sos hombre, no tenés que ser el típico hombre fuerte, inexpresivo, alto, de voz fuerte, y definitivamente no tenés que ser nada parecido al Ken de las películas estadounidenses. Hablemos de un cuerpo robusto o con sobrepeso sin importar el género de la persona. La sociedad nos vende que una persona obesa o con una barriga de cerveza no es atractiva, y aunque gustos son gustos, dejame decirte algo, NO ES SALUDABLE. Más allá de los estereotipos, no es saludable estar en ese estado, si querés bajar de peso no lo hagás por lo que la sociedad exija, hacelo porque te importa tu salud, porque si alguien te dice *"salgamos a hacer deporte"* no vas a sentir que sos un ancla para la persona porque no das la talla. Como dije anteriormente, nuestro cuerpo es nuestro hogar, y hay que agradecer por él, pedirle perdón por los descuidos y aceptarlo tal y como es, pero si no estás cuidando tu salud no vas a sentirte mejor. La gente intenta suavizar tu dolor diciendo que no tiene nada de malo tener unos kilos de más; sin embargo sí lo tiene, estás exigiéndole a tus piernas un doble trabajo para aguantar todo un peso que no deberías tener. Y sufren las rodillas, se desgastan, pero además dejás de sentirte bien, dejás de disfrutar de tu piel y llegás a sentir vergüenza o comenzás a compararte. O deja de importarte porque el malestar es tanto que lo bloqueás y preferís irte a tragar una deliciosa hamburguesa que aceptar una realidad.

Siempre me enojó cuando muchas personas a mi alrededor me decían que yo era muy exigente con mi cuerpo, que le daba demasiada importancia al físico, y la razón por la cual me enojaba era porque las personas que han llegado a decirme esto tienen una piel perfecta, estatura perfecta, una cintura perfecta, una cara perfecta y una autoestima estable. ¿Cómo iban a entender el dolor de verse al espejo a diario y odiar lo que ves? Porque lo admito, estoy lejos, pero bien lejos de sentirme a gusto bajo mi propia piel. Uso ropa más grande para ocultar mi cuerpo, procuro aplanar mi pecho porque he llegado a sentir vergüenza de ser mujer, odio ir a la playa porque veo a gente con cuerpos que yo quiero y en cambio tengo algo sumamente descuidado, lleno de estrías, cicatrices que yo me he causado. Y, más allá de lo físico, mi cuerpo carga con el odio constante que le doy todos los días de mi vida. No obstante, lo primero que he tenido que aceptar es... no soy perfecta, no lo seré, y es mi culpa sentirme así porque he sido yo la que se ha descuidado.

Hace unos meses, una de mis grandes preocupaciones se alivió. Siempre me preguntaba por qué mi cuerpo tenía tantos problemas. No entendía por qué si mi alimentación es casi impecable no lograba bajar de peso, por qué mi cuerpo se ensuciaba con acné, por qué tenía cosas que no debía tener. Fue cuando fui al médico y me dijo que efectivamente tenía un ovario poliquístico. Por eso no importaba cuánto me esforzara por bajar de peso, no lo lograba. Al principio quise llorar, porque odiaba saber que tenía un problema en mí; luego quise llorar porque, si hubiera ido al médico antes, me habría ahorrado muchos años de odio constante, burlas y agresiones; y, finalmente, quise llorar de alivio, porque es un problema que se puede solucionar y muchas de mis inseguridades con el tiempo se irán.

No está de más irse a revisar con un médico. Si sos de las personas que, como yo, solo van cuando es un caso grave y no queda de otra, te lo digo de una, no está mal ir por una revisión rápida. A lo mejor encuentren algo que está causando todo un alboroto en tus hormonas y esto te esté causando muchas inseguridades. Cuando se trata de mantenerse saludable no hablo de someterte a dietas extremas o muchas horas de ejercicio para que tu cuerpo esté activo, quiero hablar de la alimentación. Desde niña he sido una persona que lo único que conoce son las dietas, ¿sabés qué? Las odio y las seguiré odiando. Tal vez a mucha gente le funcione hacer una dieta, pero en mi caso es algo sumamente estresante. No poder comer lo que quiero porque debo seguir estrictamente la cantidad de calorías que voy a consumir. Renuncié a las dietas, era más el estrés que lo positivo que pudieran aportarme, y es que en mi caso, soy como un pez globo, apenas me sienta en peligro o estresada me inflo y saco mis espinas. No ocupo comer mucho para subir de peso, con el estrés me basta. Sin embargo, te voy a decir algo con la alimentación, no se trata de matarse de hambre o de privar tu cuerpo de comer cosas poco saludables. Se trata de entender lo que estás permitiendo entrar a tu cuerpo.

Cuando vos tomás consciencia de lo que tu cuerpo necesita y lo que no, podés ponerlo en un plato. De nada sirve ir a un nutricionista a que te dé un menú con todas tus comidas si vos no entendés lo que te estás metiendo a la boca. Imaginá que vas a un restaurante de comida rápida por alguna hamburguesa. No sabés de dónde vienen los ingredientes, si son frescos y de alta calidad, no sabés cuántas calorías estás consumiendo por bocado, no sabés la cantidad de grasa que usaron para crear esa hamburguesa flácida y de publicidad engañosa, no sabés si la persona que la cocinó tenía las manos limpias o si mientras la hacía estaba de mal humor. No se suele pensar lo que estamos consumiendo y eso el cuerpo lo resiente. Comer viendo una pantalla o hacer alguna actividad mientras vas a alimentarte te distrae de lo que estás por consumir, a tal punto que pudiste haber terminado satisfecho, pero estás en otro mundo y seguís comiendo hasta llenarte y terminar rodando como un panda. No está bien, no está de más ir por ingredientes frescos y manipular tu propia comida, asegurarte de que está siendo cocinada con amor y le hace bien a tu cuerpo.

La comida es una de las cosas más difíciles en mi opinión, y hay que tener una disciplina increíble para no irte a la cocina durante un ataque de estrés a tragarte toda la nevera y de paso la alacena. Pero podés ir poco a poco: si sos de las personas que repiten comida, disminuir las porciones de a poco. Una manera de reducir estas cosas de manera sencilla es ir eliminando lo que menos te cueste dejar. Por ejemplo, a mi los dulces no me causan mucha gracia, pero no puedo negarme a un buen helado. Si en mi vida hay mucho azúcar, puedo buscar las cosas que menos me cueste dejar. Entonces iniciaré por pequeños pecados alimenticios. Eliminaré los dulces o la goma de mascar, luego pasaré a constantes meriendas e iré reduciendo la cantidad de galletas que consuma. Luego pasaré a eliminar jugos o refrescos y los reemplazaré por agua, si bebo café o té y le pongo cinco cucharadas de azúcar, disminuiré la cantidad y le pondré cuatro o tres y así iré hasta soportar el sabor sin azúcar.

OJO, no se trata de privarte de comer. Podés haberte quitado todo en tu dieta diaria, pero si alguien te dice que vayan por un café y un pequeño postre, andá con total libertad y disfrutá el momento de consumir algo que usualmente no lo hacés. Eso sí, intentá que no se te haga costumbre. Se trata de ser consciente de lo que estás consumiendo y sentirte bien al respecto. La gente en general tiende a buscar el amor en la comida, me incluyo, pero la comida no llenará ese vacío que tenemos por ausencia de amor propio, y es cuando escribo al respecto que finalmente lo entiendo. Puede no gustarnos al principio, pero el alivio que nuestros cuerpos sienten cuando dejamos de saturarlos con cosas que pueden resultar tóxicas vale la pena. Cuando la cuarentena empezó, el mundo comenzó a limpiarse y los animales volvieron a ser capaces de habitar lugares que antes no podían. Es lo mismo, dejá de saturar a tu cuerpo, sea con comida, con sustancias, con exigencias constantes, con insultos, con odio. Dejá que la basura salga de tu cuerpo y dale un gran respiro. Se lo merece, porque al final del día, es tu cuerpo el que te ha llevado a donde estás en este momento.

> *Es tu cuerpo el que te ha llevado a donde estás en este momento.*

Incluí este tema del sobrepeso porque, en mi caso, baja muchísimo mi autoestima. Tal vez no sea tu problema, la verdad no te deseo lo que yo siento en ningún momento, porque es una constante lucha por querer ser otra cosa totalmente. Además, cuando hablo de las consecuencias del sobrepeso, hay que tomar en cuenta que, en vez de buscar calzar en un estereotipo, es mejor estar saludable conforme a tu cultura y tu cuerpo, puesto que todos somos diferentes.

El otro día estaba viendo un mini documental donde hablaban de los cambios dentales con base en la alimentación. Se mencionó que las personas nativas que consumían alimentos nativos tenían una buena salud; en cambio, las personas nativas que comían alimentos del exterior, no tanto. Cada país es distinto, con distintas circunstancias y necesidades, por lo que creo que cada quién debe estar saludable según lo requiera el caso; pero además, si vas a seguir un estándar, intentá seguir el tuyo propio. Así estarás feliz bajo tu propia piel.

A veces me parece molesto cuando la gente intenta "aliviar" mi frustración con mi cuerpo al decirme que yo estoy bien; no obstante, estas personas no entienden que yo tengo mi propio modelo, yo quiero estar de cierta manera y el no estarlo me hace sentir mal, eso es todo. Las personas no ven eso, por ende no lo entienden. Hacé lo que te haga feliz, pero siempre buscando estar saludable física y mentalmente.

"

Hacé lo que te haga feliz, pero siempre buscando estar saludable física y mentalmente.

Durante el tiempo que pienso en este libro (mi mente no ha parado desde que inicié) no he podido definir una buena respuesta para la pregunta del millón: *¿Por dónde empiezo?*

Mi inicio fue este libro, creo que es lo que me dará una pequeña motivación para seguir adelante, porque es fácil llegar y decirte que todo estará bien, que hacer esto y lo otro no es complicado, darte un montón de información y demás. Para mí no es fácil, porque, más allá de decírtelo, quiero hacerlo, quiero aprender, quiero mejorar como persona, quiero sentirme cómoda bajo mi propia piel. Así que me puse a analizar algunas cosas en mi vida. Decidí empezar por lo pequeño y luego pasar a lo que más me cuesta. Muchas veces decidimos empezar con todo de golpe, pero es tan cansado que terminamos desistiendo.

Lo primero que noté es que no puedo dejar de estar a oscuras en mi cama aunque sea de día, Mi nuevo propósito es mantener las ventanas abiertas para que mi cuerpo se ilumine, para ver lo que está sucediendo fuera de mi casa, para ver si algunos pajaritos me vinieron a visitar. Y es que no me lleva absolutamente nada de tiempo abrir las ventanas. Debo decirte que entre el final del 2019 y este 2020 me he aislado de casi todo. Si no fuera porque algunas personas deciden hablarme de vez en cuando o porque mi mamá me arrastra para salir a caminar, yo no lo haría. Porque sí, he perdido total interés en vivir, si bien no es algo nuevo, jamás me había sentido tan podrida por dentro, no me reconozco en el espejo. Es como si tuviera muchísimas cosas encima y no puedo ver mis ojos, mi boca, nada.

El otro día fui a comprar algo en la ciudad y, por obvias razones, estaba vacía, salvo algunos negocios. Comencé a ver a muchísima gente durmiendo con algunos trapos y cartones sobre la acera. Para mí es un tema delicado, ya que me duele ver personas en ese estado y odio sentirme impotente al no poder ayudar de la manera en la que me gustaría hacerlo, pero en mi mente pasó una pregunta; *¿Cómo siguen vivos?* Es admirable su sistema de supervivencia, y luego un bus pasó y pude ver mi reflejo en sus vidrios y me hice la misma pregunta; *¿Cómo rayos sigo viva?*

Mi cuerpo se siente en una constante desesperación, te lo pondré en un ejemplo: imaginá que estás en lo profundo del océano y te estás quedando sin aire, entonces comenzás a subir a la superficie, pero tenés que ir despacio porque si subís de manera apresurada por la presión y todo eso podés terminar muriendo. Para mí es una bomba contra tiempo, intentar subir por falta de oxígeno, pero estar tan profundo que durante el proceso termino sin aire y posiblemente me ahogue. Es exactamente lo mismo, a diario me siento así. Y como mi vida por fin está en calma, estoy protegida, nada me está dando una razón para seguir adelante realmente. Yo evito los espejos, primero porque de niña me ponía a hacer muecas frente a estos y hacía tan feo que me asustaba, entonces los evito por esa razón, pero también porque no puedo detenerme a mirar mal y juzgar cada detalle de mi ser, ¿cómo dejo de hacer eso?

Lo segundo que decidí retomar en mi vida (antes lo hacía y lo dejé de hacer) fue ordenar mi cama. No hay nada más feo que llegar cansado a tu cuarto y encontrar las sábanas en un puño, si no las has lavado posiblemente apesten, tus almohadas desordenadas, es horrible. En cambio, tener la cama arreglada es como si tuvieras un regalo todos los días que espera a ser abierto y usado para mantenerte cálido y cómodo durante la noche. Y algo que definitivamente debo dejar de hacer es... escuchar música deprimente, mi hermana una vez me dijo que escuchara este tipo de música para que me ayudara a llorar en vez de recurrir a métodos de autolesión. Y he escuchado o visto que las personas tienden a poner música triste cuando están sintiéndose mal, si tienen una ruptura ponen canciones de desastres amorosos y así. En mi caso eso solo me deprime más, no me ayuda a salir adelante, no me da un sentimiento de que puedo seguir porque todo estará bien. Sé que una de las razones por las cuales acudimos a la música triste es para que nos ayude a llorar, pero si supieran lo que me cuesta hacerlo, empezando porque lo odio, mis ojos se hinchan, la cabeza me duele y depende de como llore mi pelo me estorba, no es una actividad que disfrute hacer. Y la música tampoco me ayuda, solo me hace sentir más miserable.

Dato curioso... la mayoría de mis playlists son de música triste, gente enojada o alguien sufriendo por algún amor perdido. No es mi caso, escucharía canciones que no trataran tanto sobre amor y rupturas, pero es lo más común, las personas aman hablar sobre lo relacionado al amor o al sexo, entonces no puedo hacer mucho al respecto. El otro día me puse a eliminar todos los correos de spam que me suelen mandar. Ahora estaba pensando en limpiar mi lista de reproducción de música, porque al final del día entiendo que la comida no es lo único que nos alimenta; lo que vemos y escuchamos es una manera de alimentarnos, y debo empezar por revisar lo que estoy dejando entrar a mi cuerpo a través de mis oídos.

> *La comida no es lo único que nos alimenta, lo que vemos y escuchamos es una manera de alimentarnos.*

De hecho, una de mis canciones favoritas trata sobre relaciones tóxicas, una de las razones por las cuales dejé de ver series de televisión o leer ciertos libros fue que me estaban vendiendo relaciones tóxicas entre personas. Querido lector, por favor no apoyés estas cosas, solo hace que comencemos a naturalizar relaciones dañinas y eso no está bien. Todos merecemos ser amados y que nos traten bien. Las relaciones tóxicas no necesariamente se dan en las parejas. En mi caso, la mayoría de las amistades que he perdido son porque permito que gente venga a dañarme. Tal vez acepto a cierta clase de personas a mi alrededor porque para mí es un alivio saber que alguien quiere estar conmigo, que no les doy asco como yo me doy asco, y por ello suelo darle todo de mí a personas erróneas.

Recuerdo una vez que tenía una amistad que honestamente apreciaba, yo me encontraba visitando la casa de mi abuela cuando recibí un mensaje de esta persona diciendo que no podía dejar de autolesionarse, nunca le había visto marcas de autolesión, y tampoco habíamos hablado al respecto, por lo que me tomó muy desprevenida. La conversación continuó y en un momento esta persona decidió pasarme una foto de su brazo. Debo aclarar algo, yo no tengo ningún problema con dejar lo que estoy haciendo en el momento para escuchar a alguien que lo ocupe; pero en mi caso, ver imágenes explícitas de una persona autolesionándose puede ser un gatillo para mí, porque, si nos vamos por etiquetas, perfectamente calzo en el típico estereotipo suicida de una persona que ha buscado escapes en navajas, en vomitar lo que come, entre otras cosas. Y sé perfectamente que esto no trae nada bueno. Busco aliviar mi dolor y ansiedad de maneras no dañinas porque de lo contrario entraré en un círculo vicioso del cual cuesta muchísimo salir. Así que una simple imagen de una persona dañándose me puede dañar más de lo que alguien podría imaginarse.

Lo siguiente que recuerdo es haber entrado en pánico. No sabía qué rayos hacer o qué decirle, no era mi primera vez enfrentándome a un caso de alguna amistad con pensamientos de autolesión o suicidas, así que decidí probar una nueva manera de solución. Le envié un mensaje a mi profesor del momento, me disculpé por la hora en la que le escribía, y mi profesor me preguntó si yo estaba segura al respecto, le hablé sobre la foto y le pregunté: *"¿Por qué alguien haría esa clase de broma? En especial alguien que sabe de mis antecedentes y tiene una amistad conmigo".* Después de hablarlo con gente que podría tomar el caso en sus manos quise comprarle un peluche, ¿por qué? no sé, tal vez para que lo pudiese abrazar cuando se sintiera en momentos de soledad.

Al día siguiente le entregué el peluche. La persona al extender su brazo para recibirlo no tenía absolutamente nada, ni una sola marca o cicatriz, nada. Fruncí el ceño y le pregunté si había sido una broma. Su sonrisa inocente y respuesta afirmativa me dio una increíble repugnancia, de inmediato dejé de hablarle. ¿Por qué? porque no son cosas para bromear, me enojó muchísimo haberme preocupado por nada, me dio mucha vergüenza porque involucré a gente para nada, y había entrado en un estado de estrés e impotencia por alguien a quien le importó un bledo.

Ahí me pregunté por primera vez, qué tan baja tenía mi autoestima como para seguir aceptando en mi vida gente que realmente no me toma en cuenta, ni a mí ni cómo me siento, ¿por qué yo tenía que estar a disposición de todos en cualquier momento pero no funcionaba en el sentido inverso? Y por supuesto que me dolió perder una amistad. Descubrí que yo no tenía malicia, que confiaba demasiado fácil en las personas y es un error que sigo cometiendo con facilidad. Querido lector, te diré algo, muchas veces tenemos personas en nuestras vidas que alivian un vacío y por ello nos da miedo alejarnos, pero a veces estas personas a cambio de aliviar ese vacío te pudren y disfrutan de verte en el suelo hecho un desastre. Por más que cueste, alejate de esas personas que no traen nada productivo en tu vida. No tenés por qué permitir que te traten mal, que te ignoren o que te hagan sentir que sos menos. Buscá lo que querés y aferrate a ello, las relaciones saludables te cerrarán heridas, no te las abrirán.

"

Las relaciones saludables te cerrarán heridas, no te las abrirán.

2: Traumas

Todos hemos vivido momentos traumáticos, seguramente algunas personas lo sintieron peor que otras; sin embargo, no he conocido a nadie que no los tenga. Hasta una persona con una vida tranquila los ha sufrido. En mi caso, los que he tenido son una gran fuente de baja autoestima. Pero no es que yo pase pensando en ellos, simplemente se metieron en mí demasiado como para darme cuenta de que están ahí. Por protección los he bloqueado. Así, de alguna manera, he logrado estar estable por un tiempo.

¿Cómo superar los traumas? Todavía sigo con esa pregunta, no obstante la manera más rápida de hacerlo, dolorosa, y cansada muchísimas veces, es la terapia o bien, hablarlo con alguien. Como dije antes, no necesariamente hay que hablarle a un psicólogo, si sos religioso podrías recurrir a alguien de tu iglesia, etc. ¿Por qué es dolorosa y cansada pero la más rápida? porque hablar duele, es sacar espinas que cargás en tu cuerpo y revivís momentos que posiblemente no sean agradables, en mi caso, se forma un gran y doloroso nudo en mi garganta cada vez que debo de hablar sobre mí o mis problemas. Además, cuando resolvés un problema queda un vacío. ¿Qué hacer con ese vacío? ¿Con qué se supone que hay que llenarlo?

A veces es cansado porque puede consumir tu energía, o si es algo bastante pesado, durante el proceso de resolverlo podés sentirte horrible, pero te juro que se sale de ese estado, y uno vuelve a sentirse bien. Hay un ejercicio que yo suelo hacer desde que tengo memoria, lo uso cuando me siento mal físicamente (un dolor de estómago, cabeza, cansancio, etc.) y también lo uso cuando me siento mal emocionalmente. Cuando estoy en ese estado lo que busco hacer es "paralizar" por un momento el sentimiento de malestar. Cierro los ojos y me pongo a imaginar momentos de mi vida donde no me sentía así, donde me sentía bien, y busco integrarlo en mí. Repito este proceso durante un buen tiempo y aunque puede que no alivie el dolor, al menos trae calma en la tormenta.

Lo hago porque sirve para aumentar la velocidad del tiempo. Sin darme cuenta vuelvo a estar bien, el dolor se fue y puedo continuar con mi vida, pero al notar que ya no estoy en ese estado, reviso lo que se siente estar bien, cómo se siente mi cabeza sin dolor o mis emociones sin crisis. De hecho, es algo que no solamente hago cuando me siento mal, sino que a veces disfruto de sentir que estoy viva. Hago el mismo ejercicio, pero en vez de imaginar un momento de mi vida, me permito sentir, sentir el aire llenar mis pulmones, mi cabeza apoyada en algo, si se me durmió una extremidad por una mala posición, analizo el hormigueo que me causa.

Lo que se puede rescatar de este ejercicio es el análisis. A veces no podemos hacer mucho en una situación, pero mantener la calma te quita una cantidad de estrés impresionante. De paso, al analizar podemos encontrar las cosas que nos estén molestando, limitando o que no nos están dejando salir adelante. Me ha costado admitir que algunos eventos en mi vida me han traído emociones o momentos desagradables en mi presente. Y por alguna extraña razón no quiero aceptar la causa de esas emociones.

He sentido odio, rencor, desesperación, envidia, inseguridad, miedo, enojo, repugnancia, inferioridad, impotencia y soledad. Y como son tantas y tan fuertes emociones no sé qué hacer con ellas realmente, es horrible sentirse así hacia personas que a lo mejor no tienen nada que ver, pero te recuerdan algún evento traumático de tu vida. El problema tal vez no sea con esa persona, sino con el recuerdo de la situación. Al final terminamos por rechazar a alguien que pudo habernos aportado a nuestra vida cosas nuevas porque preferimos alejarnos. Entonces, no solo limita nuestras relaciones con nosotros mismos, también nos limita en nuestras relaciones con otras personas.

No se puede vivir con miedo, está bien sentirlo en ciertas ocasiones, pero es nuestro deber tomar el control de ese sentimiento y no dejarse dominar, porque terminaremos temiendo a la vida. Y eso es una tragedia, ¿por qué? Se empieza de a poco, primero se tiene miedo de cometer el mismo error, luego de humillarse, luego de caminar viendo al frente, luego comienza el miedo a ser notado entre la multitud, seguido de hablar y por último a salir. Se termina encerrado entre cuatro paredes porque ahí hay seguridad. A mí, en lo personal, no me da miedo morir, pero salir a la vida y vivirla es algo que me aterra. Posiblemente te pase al revés, conozco a muchas personas que les causa temor la muerte y está bien, porque en cualquier momento de tu diario vivir, cuando menos te lo esperés, algo puede arrancarte tus últimos segundos de vida. Algo que me voló la cabeza fue el pensamiento de que cada día o minuto u hora que pasen, estarás un día, minuto u hora más lejos de tu nacimiento y más cerca de tu muerte. Como una mina que se va consumiendo por la chispa caliente.

"
Cada día o minuto u hora que pasen, estarás un día, minuto u hora más lejos de tu nacimiento y más cerca de tu muerte.

Los traumas se alimentan de eso, del miedo. ¿Cómo describiría lo que es un trauma? Creo que mi manera de entenderlo es el temor a que una situación, que en su momento no supimos solucionar, se repita y nos sintamos vulnerables ante la misma por segunda vez. Como cuando descubrimos que el calor nos quema y por ello no volvemos a tocar una olla que está hirviendo. Sin embargo, como dije anteriormente, no podemos dejar que el miedo nos controle y definitivamente no es saludable vivir con temor. A veces hay que volver a tomar la olla caliente con la piel expuesta, aguantar el dolor y sostenerla firme porque si la soltamos puede causar un daño peor y así superar el miedo.

Como dije antes, solucionar los traumas se puede hacer cuando los hablamos y enfrentamos el problema. Yo no busco solucionar mi trauma realmente, no me interesa. Lo que yo quiero solucionar es el miedo que causa el trauma. Al no poder solucionarlo y seguir en ese ciclo vicioso, viene la vida y cumple el hermoso dicho de: *"La vida es tan amable que si no aprendiste la lección, te la repite"*.

Una de las maneras que he encontrado para calmar mi miedo a la vida es a través de la meditación. Verás, una de las maneras para mantener los pies sobre la Tierra es creer en algo o tener esperanza, ya sea que creés en un dios y tenés fe en este porque la fe te sostiene. Puede también darse con las drogas, el tabaco, el alcohol, el deporte, tu vida social, el arte, etc. El punto es que, al creer en algo, te encontrás con un espacio de confort, algo te va a sostener si te caés, sea o no dañino. Cuando no tenés esta estabilidad o espacio de que algo te va a atajar, algo a lo que, no importa qué tan mal te vaya en la vida, siempre podrás recurrir, entrás en un estado de limbo. En mi caso no soy creyente, lo fui por muchos años en la religión católica. No me declaro atea pero no creo en un dios. He probado la marihuana y el tabaco, literalmente cuando lo hice no pude detenerme a pensar: *"¿Qué estoy haciendo en este momento de mi vida? ¿porque estoy metiendo esto en mi cuerpo?"*. No tengo nada en contra de la marihuana, o de las drogas en general, en mi punto de vista no encuentro necesario someterme a un daño pasivo para poder olvidar un rato algo o alejarme de mi realidad. Lo mismo me sucede con el alcohol. ¿Qué gano yo con emborracharme? Absolutamente nada, solo una posible resaca al día siguiente y un sentimiento nauseabundo. Tal vez a algunas personas les funcionan estos métodos, a mí no, en especial porque después de unos tres o cuatro años esforzándome por dejar hábitos de autolesión no quiero volver a caer en ese lugar, no quiero reemplazar un hábito dañino por otro porque de nada sirve cambiar el vaso para beber el mismo veneno.

❝

De nada sirve cambiar el vaso para beber el mismo veneno.

Tampoco encuentro confort en el deporte o ser una persona social, y aunque podría encontrar placer en el arte, no es lo suficiente para sostenerme. ¿Entonces por qué la meditación? Cuando medito entro en un estado de paz y silencio donde puedo comunicarme conmigo misma. Es como si aquella capa depresiva desapareciera por un rato y pudiera reconocer lo que soy realmente. Me tranquiliza y logro integrar esa paz para calmar mis dudas. Me ayuda a sentirme fresca y enérgica. Al tener ese espacio de silencio, aparecen las cosas que me causan estrés y puedo ver desde otro panorama la solución. Y no lo voy a negar, algunas veces me duermo. Encontrar un lugar de seguridad no es fácil, hay que probar muchas cosas. Recuerdo una vez que una persona me dijo que un lugar que le daba seguridad era el baño, me di cuenta de que yo no tenía un lugar o al menos nunca había pensado cuál era el mío. Al final logré encontrarlo, mi lugar de paz es cualquier aeropuerto en el mundo, y como no puedo acudir fácilmente allí, una de las maneras en que lo logro es meditando e imaginando que me encuentro a punto de abordar un avión.

Al mismo tiempo recuerdo que sigo viva, a pesar de sentirme muerta a diario. Lastimosamente no suelo meditar a menudo, y tal vez por eso mi estrés siempre está en su mayor potencia. ¿Por qué nos aferramos al miedo? ¿Cómo romper con ese ciclo? En estos casos, me he dado cuenta de que no debemos pensar tanto (te lo dice una persona que no sabe vivir sin pensar o analizarlo todo a cada instante). Son estos los momentos donde debemos cerrar los ojos y saltar al vacío. Podríamos arrepentirnos, pero sería muy tarde. Es hacer algo nuevo, salir de la zona de confort. Exponerse al cambio.

Después de las vacaciones de medio año, mi colegio se reunió en una videollamada y en la conversación una profesora dijo: *"Es en esta cuarentena que debemos hacer lo contrario a lo que queremos hacer"* ¡Y claro! porque estando en tu casa, tu zona de confort, es muy fácil romper tus rutinas, sentirte frustrado, echarte a tu cama a morir, y acostumbrarte a que no siempre hacerte caso está bien. Si mi cuerpo quiere morir en mi cama como una depresiva, debo ponerme a subir y bajar las escaleras o alguna otra actividad LEJOS de mi cama. Para hacer esto, no necesitamos estar en cuarentena; claramente, deberíamos tener una determinación con nosotros mismos de siempre hacer lo que sabemos que es correcto para nosotros, lo que no nos causará daño por más placentero que sea. Y también darnos ese espacio para respirar y dejar ir, soltar la soga que agarramos tan fuerte que hace que nuestras manos sangren. Es aprender que el pasado no se podrá cambiar, pero que aún podemos escribir nuestro futuro, que la realidad se puede mejorar, que nada está escrito en piedra.

"

Es aprender que el pasado no se podrá cambiar, pero que aún podemos escribir nuestro futuro, que la realidad se puede mejorar, que nada está escrito en piedra.

Aceptación

3: Perdón

Ahora que finalizaste la introducción, me gustaría compartirte los pasos que estaré siguiendo a lo largo de este libro para llegar a mi meta. Creo que uno de los pasos más importantes en este proceso es la aceptación. Una vez una persona a la cual admiro mucho me dijo: *"No podés pretender cambiar si no aceptás primero lo que no te gusta"*. Lo pondré con un ejemplo: a mi no me gusta tener sobrepeso, pero hasta que no acepte que lo tengo, no podré hacer nada al respecto para cambiarlo. Porque una de dos: o seguiré odiándome o haré de la vista gorda, fingiré que tengo el peso que quiero y seguiré tragando siete hamburguesas baratas y flácidas por día (Por favor no comás tantas hamburguesas por día, tu estómago lo sufrirá muchísimo).

Sin embargo, durante mi análisis de la aceptación tuve un pequeño problema. Me miré al espejo, y cuando me preparé para dizque aceptarme, dije: *"¿Cómo puedo aceptar algo que me disgusta tanto?"*. Como mencioné anteriormente, hay que agradecer lo que tenemos. No a través de la comparación con otras personas, NO HAGÁS ESO. No hace falta decir que alguien lleva la vida peor para estar agradecido. NO. Cada quien vive su propia realidad y debe lidiar con eso. Todos vivimos las cosas de manera subjetiva, porque somos distintos hasta cierto punto. Además, si nos permitimos la comparación con personas que puedan "tenerlo peor" para buscar la superioridad, no podremos dejar de permitir la comparación con otras personas que creemos o asumimos que la tienen "mejor", alimentando así el sentimiento de inferioridad. Al final del día ninguna de las dos emociones nos sacará adelante.

Al dejar de compararnos, dejamos de ponerle una responsabilidad o culpa a las demás personas. Tenemos que comenzar a tragarnos la realidad de que es nuestro asunto y de nadie más. Hace unos años, conocí a una persona que me enseñó algo muy importante. En aquella época solía disculparme por absolutamente todo (aún suelo hacerlo, pero le bajé la intensidad). Esta persona, en cambio, agradecía por todo. Cada vez que yo me disculpaba, su respuesta era de agradecimiento, así que el día que se vino a despedir porque había cumplido su ciclo conmigo decidí preguntarle por qué siempre decía gracias, a lo que la persona me respondió: *"Es más bonito pasarse la vida agradeciendo y apreciando las cosas que te dan, a pasar todo tu tiempo disculpándote, como si tuvieras que ser perfecto para poder vivir, ¿no te parece?"*. Dicho esto, partió por su camino. Le agradezco a esta persona de todo corazón por haberme enseñado el valor de agradecer. Poco a poco fui cambiando mis disculpas por un "Gracias". No obstante, me he dado cuenta de algo: siempre les agradezco a los demás, siempre me disculpo con los demás, pero nunca me agradezco o me disculpo conmigo misma.

"

Al dejar de compararnos, dejamos de ponerle una responsabilidad o culpa a las demás personas. Tenemos que comenzar a tragarnos la realidad de que es nuestro asunto y de nadie más.

Pensé que, para poder aceptarme, primero debía pedirme disculpas. Así que... Paso número 1 de la aceptación: disculparte con vos mismo por todo el daño que te has permitido recibir.

Claramente, para todos estos pasos, tuve que pasar por un gran análisis en mi vida. Comencé a estar consciente de que no me siento bien conmigo misma ni en el lugar en el que me encuentro. Hasta que no logremos darnos cuenta de eso, no podremos avanzar a esta etapa.

Como mencioné en la introducción, cuando salí a correr agradecí a mi cuerpo por todo lo que hace por mí. Pero ahora decidí pedirle perdón antes de agradecerle. Tal vez tus maneras de hacerlo sean frente a un espejo, haciendo deporte, o cualquier cosa que se te ocurra o se te de bien hacer. En mi caso es escribiendo. Si hay algo que amo hacer es escribir cartas a mano. No para dárselas a alguien, usualmente las guardo y luego las quemo en una pequeña cubeta de metal.

Mi primer paso fue verme al espejo desnuda, con un marcador rojo marqué las partes que más odio de mi cuerpo y con un marcador azul marqué las partes que más me gustan o que tolero. Fuera en mi cabeza, en mis extremidades o en mi tórax. Una vez finalizada la primera parte de mi experimento, analicé todo lo que había marcado. Pude haber escrito una carta en general para todo, pidiendo perdón a todo mi cuerpo de una vez. Pero decidí hacer una carta por marca. Las marcas azules las hice para ver lo que sí aprecio de mi cuerpo y saber que no soy un completo asco (como hasta ahora suelo verme), sino que yo también tengo cosas hermosas.

Si marqué mis piernas, pedirles perdón por obligarlas a llevar peso de más, por haberlas lastimado al propio para intentar escapar, por no cuidarlas después de hacer ejercicio. Si es a mi abdomen, disculparme por no haber mantenido una buena alimentación, por intentar ocultar una parte de mí bajo ropa grande, por no darle los suficientes cuidados. Si es a mi espalda, disculparme por no cuidar mi postura, por insultarla tanto, por no quererla tal y como es. Y así lo hice con cada zona marcada.

Una vez finalizada la parte de pedir disculpas a mi cuerpo, aproveché también para agradecer y reconocer todo lo bueno que me ha aportado en las cartas respectivas. Luego, decidí pedirme disculpas por no cuidarme como lo merecía, por haberme dejado sola tanto tiempo, por permitir que gente me maltratara porque creí que lo merecía, por no aceptarme tal y como soy. Tomé todas las cartas y las abracé. Lo siguiente que haría sería quemarlas, pero no se trata simplemente de quemar papel con tinta. Con cada carta daría las gracias por todo lo que me ha soportado, por las veces en que mi cuerpo o mi alma no se rindieron conmigo, porque aunque yo decidí abandonarme, estas cosas no lo hicieron, porque a pesar de que yo me odiara, estas solo me han amado.

Y no creás, no es tan fácil, no se trata nada más de escribirlo y ya, se arregló. Sino que, una vez que queme las cartas y agradezca por ellas durante los futuros días de mi vida (iniciando desde hoy) recordaré las cosas buenas de mi cuerpo antes que las malas, y recordaré que soy una persona, que puedo equivocarme, que tengo toda una larga vida por recorrer aún y que no pienso rendirme en un futuro próximo. Las cartas son el inicio de un largo proceso por recorrer y estoy más que dispuesta a hacerlo. De hecho, como dije anteriormente, las cartas no son la única manera.

Hace unos meses le pedí a mi abuela que me perforara la oreja. Ella es enfermera y me hizo la perforación de las orejas cuando nací, por lo que sabía que una aguja en sus manos era una aguja segura, además de que saldría ganando por todos lados. En lo personal, nunca me gustaron mis orejas, tal vez porque son chiquitas, pero una razón para lucirlas era si tenía alguna joya en ellas. Además, como muchos sabrán, mi abuela es mi mundo y la amo con todo mi ser, si ella se encargaba de la perforación tendría una anécdota por contar, un recuerdo que jamás olvidaré donde puedo pensar constantemente en ella, siempre que veo la pequeña argolla en mi oreja me recuerda a mi abuela y no puedo evitar sonreír. ¿Cómo seguiría odiando mis orejas con tan hermoso recuerdo? Pasaron a ser un regalo que me encanta.

Cambiar nuestra imagen también nos ayuda a sentirnos mejor con nosotros mismos, tal vez no te gusten los tatuajes o las perforaciones, pero hay muchísimas maneras de estar a gusto. Eso sí, siempre hay que perdonar y aceptar primero. Durante el proceso de quemado de las cartas, cerré mis ojos y respiré profundo. Ya no me tocaba pedir perdón, pues ya lo había hecho unos minutos antes, ahora tocaba perdonarme, abrazarme y darme ese espacio para dejar ir todo el dolor que había estado llevando durante años. Es el momento donde me encuentro conmigo misma y me preparo para un nuevo inicio, un momento de aceptación. Es por fin el reencuentro conmigo misma que había estado buscando durante mucho tiempo. En ese preciso momento, asumí la responsabilidad del perdón, del camino que voy a recorrer.

En estos momentos no está mal llorar, quiero retomar mis palabras de que sanar duele, en especial cuando se trata de soltar y dejar ir dolores viejos que nos han cubierto aquellos vacíos que tenemos y que ignoramos. Y si estás sintiéndote de una manera similar a la mía, donde estés me gustaría decirte algo: la gente no va a entender por qué se tiene baja autoestima. Posiblemente te digan todas tus virtudes y no logren integrar que vos no podás verlas en este momento. De nada sirve que te digan todo lo bueno que tenés si vos no te lo creés primero, ¿te acordás que hace unas páginas hablaba de un lugar seguro y de que hay que tener fe?

Más allá de dirigir tu fe en algo, cualquier cosa, ¿por qué no dirigir nuestra fe a nosotros mismos? Confiar en que podemos lograrlo cueste lo que cueste, en que llegaremos victoriosos a la cima de la montaña y la bajaremos de inmediato listos para empezar una nueva carrera. Cuando quemé las cartas me propuse comenzar a tener fe en mí. Mi profesora de canto siempre me lo recuerda, siempre me dice que debo tener más confianza en mí misma, que debo de tener fe en que todo saldrá bien. Que si me equivoco no importa, porque aprenderé de mi error y mejoraré.

> **"**
> *Sanar duele, en especial cuando se trata de soltar y dejar ir dolores viejos que nos han cubierto aquellos vacíos que tenemos y que ignoramos.*

Mi mamá es otra persona que a menudo me recuerda que no tengo fe, pero sé que, cuando logre tener fe en mí, dejaré de buscar fuera esa seguridad, una estabilidad que yo misma me puedo dar. Dejaré de buscar en otros lo que yo soy capaz de darme. Cuando vi las cenizas calientes de las cartas no pude evitar pensar en el ave Fénix. Estaba cerrando un ciclo mientras abría uno nuevo, un renacer conmigo misma donde empezaré desde cero.

Apesto a humo en este momento y, aunque lo hice rápido por el frío de la noche, sentí un calor en mí que hace rato no sentía. Entiendo que este proceso no sucede de un día para otro. No espero que sea así, pero alivia saber que puedo empezar, que en algún momento de mi vida dejaré caer esa gran capa negra que me cubre y no me deja ver con claridad.

En mi nuevo comienzo, quiero ser capaz de ver cosas positivas en mí y no solamente de los demás. Quiero tener una razón por la cual vivir, seguir adelante y poder encontrar nuevas aventuras a lo largo de mi vida. Todos merecemos ser perdonados, como todos merecemos una disculpa, eso nos incluye a nosotros mismos. Yo merezco una disculpa y merezco ser perdonada. Vos mi querido lector, merecés una disculpa y merecés ser perdonado; pero no por otros, sino por vos mismo.

4: Integración

El siguiente paso de la aceptación en mi aventura será integrar todo lo que vengo diciendo hasta ahora. No hay que ir rápido en este proceso, está bien tomarse su tiempo, y es que ahora se complica un poco la cosa. Como he mencionado anteriormente, el amor propio no es algo que se logra y ya está. Es algo que uno está trabajando constantemente. Entonces, una vez que me he pedido disculpas y me he disculpado, ¿cómo lo integro?

> *De nada sirve pedir perdón si seguimos en lo mismo.*

La manera en que lo haré será reconociendo pequeños logros, también cambiando la manera de ver las cosas por las cuales tuve que disculparme. De nada sirve pedir perdón si seguimos en lo mismo. Al integrar busco una transformación, no un cambio, porque cuando una persona "cambia" es muy fácil que vuelva a sus viejos hábitos o viejas costumbres, pero al tener una transformación no, ya que abandonará todo eso. Una mariposa no se vuelve a convertir en oruga después del capullo. Es lo mismo.

> *Una mariposa no se vuelve a convertir en oruga después del capullo.*

Hace unas semanas, me encontré hablando con una amistad de mi mamá. Estábamos tres personas sentadas en esa mesa. Recién comíamos una deliciosa cena y el tema salió a la luz. Al final, esta persona me dio un papel rojo con una ley escrita. Le digo así porque es algo que a menudo leo y me concentro en creérmelo. Y dice así;

"**Transformación interna:**
Porque estoy creciendo en mi entendimiento de mí mismo, porque mis comportamientos subconscientes necesitan mi conciencia y compasión para poder sanar. Porque la relación más importante que tengo, es la que estoy construyendo conmigo mismo".

La conversación que tuve con esta persona obtuvo un lugar en mí, no necesitó muchas palabras para poder explicarme cosas que no he logrado ver o integrar de mí misma. Y, además, el párrafo en aquella hoja de papel es algo que me transporta constantemente a ese momento, que me recuerda que está bien equivocarse y está bien ser yo misma.

"

Porque la relación más importante que tengo, es la que estoy construyendo conmigo mismo.

Conozco a muchas personas que afirman conocerme, que dicen saber todo de mí, o que me dicen lo que soy o lo que debo ser. Siempre me sorprende, saber que alguien más dice que me conoce bien cuando ni siquiera yo misma he terminado de conocerme, y sé que todos los días soy una persona distinta. Ayer pude reírme todo el día, y hoy puedo estar completamente seria, sin ninguna expresión de felicidad. Ayer tenía el pelo un poco más corto de lo que lo llevo hoy, ayer me sentía distinta a lo que hoy puedo sentir.

Estamos en un constante cambio y puede que no nos demos cuenta. Eso está bien, el cambio siempre es bueno porque es el inicio de la transformación. Puede tener sus cosas negativas y en el camino nos podríamos arrepentir, pero cambiar está bien. No hay que cambiar por otras personas, si yo cambio lo haré por mí, porque compartiré las nuevas cosas conmigo primero, y aprenderé a amar lo bueno y lo malo.

"

El cambio siempre es bueno porque es el inicio de la transformación.

Debo admitir que esta parte me costó y me cuesta. Es difícil cambiar toda una manera de verte. Es difícil reconocer que te equivocaste y no culparte o castigarte por ello, como también me parece difícil reconocer cuando hice algo bien. Tengo algunas ideas para los siguientes pasos y siento que debo hacerlos todos de inmediato y al mismo tiempo. Entonces, para mí, decir que debo respirar profundo y calmarme es complicado. Debo aprender a ir paso a paso. Como suelen decir: "con pasos de bebé".

Últimamente, he imaginado la vida que quiero. Usualmente, cuando hacía esto terminaba por deprimirme, porque siempre sentí que jamás tendría esa vida, ese sentimiento. Sin embargo, ahora lucho conmigo misma para reemplazar los pensamientos negativos por pensamientos motivadores que me hagan seguir adelante, que me den soluciones para llegar a la clase de vida que sueño y que quiero.

Creo que la parte más difícil de la integración es cambiar los pensamientos negativos por pensamientos positivos, en especial si, como yo, sos una persona negativa. Me parece muy complejo porque, más allá de cambiarlos, se trata de creer en ellos, sentirlos como si lo estuvieras diciendo genuinamente. Y hay que hacer eso. ¿Por qué es más fácil irse por lo negativo a irse por lo positivo?

Diría que es porque, al dejar de irse por lo negativo, dejamos de culpar; o porque, cuando dejamos de ponernos negativos, deja de haber una razón para sentirse mal, estar enojado o pensar que somos miserables. Deja de haber una razón para pelear, sea con alguien, sea con la vida o sea con nosotros mismos.

"

Al dejar de irse por lo negativo dejamos de culpar, deja de haber una razón para pelear, sea con alguien, sea con la vida o sea con nosotros mismos.

Lo admito, ser una persona negativa es adictivo, sentirse de cierta manera es adictivo. Pero de eso hablaré más adelante. Siento que, en la etapa de integración, debemos sentarnos sin distracciones a analizar las cosas en las que podemos mejorar y las que manejamos bien, para ver qué cosas se puede dejar ir, cuáles tienen más importancia y qué otras cosas nuevas podemos integrar a nuestra vida.

Una vez que encontremos una manera sencilla para apagar los pensamientos negativos o pesimistas, comencemos por pequeñas actividades que nos pueda traer placer o hacernos sentir bien. No nos enfoquemos tanto en lo que debemos hacer por obligación, sino en encontrar algo que podríamos hacer toda la vida, 365 días al año. Tal vez hayás escuchado esta palabra antes, o puede que no. En la filosofía japonesa aparece el término *ikigai*. Investigué un poco más sobre el tema y encontré varios libros, está el de Héctor García y Francesc Miralles, también hay otro de Yukari Mitsuhashi, y otro de Justyn Barnes. En un pequeño resumen, el ikigai llega a significar: "El sentido de la vida" o "Razón para vivir", una sensación de fluir hacia algo que amemos hacer. Estaba leyendo un artículo sobre el tema, cuando me encontré con las palabras de Francesc Miralles: *"El objetivo es identificar aquello en lo que eres bueno, que te da placer realizarlo y que, además, sabes que aporta algo al mundo. Cuando lo llevas a cabo, tienes más autoestima, porque sientes que tu presencia en el mundo está justificada. La felicidad sería la consecuencia".*

Tal vez no podamos ignorar las responsabilidades que tenemos a diario, pero tendemos a darles más importancia a estas que a lo que realmente queremos hacer. Después de analizar lo que más me gustaba hacer, me di cuenta de que llevaba varios años intentando convencerme de que me gustaba estudiar; no obstante, no es algo que me apasione ni que me motive a vivir. También me di cuenta de que lo que siempre dije que era aburrido de hacer, que no me gustaba y que siempre ignoraba, es lo que más me gusta, me da una motivación para seguir viviendo, el sentimiento de no querer irse a dormir porque quiero seguir enfocándome en estas cosas. Y, aunque en algunos momentos pierdo el ritmo o la motivación para hacerlas y las vuelvo a abandonar, cuando las retomo recuerdo lo feliz que me hace realizarlas.

Sentir que soy útil en algo me trae paz. No estoy diciendo que hay que dejar de lado nuestros deberes. De hecho, el encontrar algo que realmente me guste hacer me motiva a hacer lo que menos me gusta, ya que es una manera de premiarme por una acción. Por ejemplo, si no tengo ganas de hacer los deberes del colegio, puedo proponerme hacerlos rápido (pero siempre bien hechos), para salir de eso y poder enfocarme en lo que quiero hacer el resto del día.

Rodearme de las cosas que más me gustan facilita el momento de integrar la aceptación. Mantiene mi humor alto y las ganas de estar activa en todo momento. Debo aclarar algo: tomar descansos es necesario, por más que quiera hacer lo que me guste, debo darme un espacio para descansar y recuperar energías. Claramente no hay que pasarse con estos espacios, porque entonces uno termina por renunciar al proceso que está llevando. Si tengo sueño, puedo tomar una pequeña siesta para recuperar la energía, o darme recreos de alguna actividad para no agotar el cerebro.

Durante el la integración, me encontré con un problema que ha sido la causa por la cual siempre termino abandonando el proceso del cambio. Y ahora que lo estoy haciendo paso por paso, viene lo siguiente. Repasando los pasos que llevo hasta ahora y agregándole el siguiente quedaría así: **perdón, aceptación, integración, cambio.**

Cambio

5: Hábitos

Una de las cosas más difíciles de cambiar para el ser humano son los hábitos; pero, una vez que logramos aceptar e integrar lo que nos gusta de nosotros mismos y lo que no, viene el verdadero reto: la transformación. En mi caso no es la excepción, en especial cuando se trata de mi autoestima y amor propio.

Si bien encontré las cosas que me gusta hacer, que me levantan la autoestima o que me hace sentir útil en la vida, me encontré con un problema que ha sido la causa de mis fallos en todas las veces que intenté amarme. Y es que no he logrado amarme en la imagen personal. No es tanto por mis capacidades, sino que no me siento a gusto en mi propia piel. ¿De qué sirve ser buena en muchas cosas si no quiero salir al mundo porque no me siento cómoda conmigo misma? Antes de escribir el libro, siempre veía videos de YouTube de gente que lograba salir adelante, como mencioné anteriormente. Creía que mi carencia de amor propio siempre se debió a causa de mi imagen personal.

La mayoría de los videos que encontré a lo largo de estos períodos eran de personas que lograban cambiar su imagen, que iban por ropa nueva. Cambiaban todo de ellos. Mi problema tenía varios puntos: el primero era que pretendía amarme si cambiaba todo de mí, saltándome el paso de la aceptación; luego tenía el problema de que no recibía el apoyo de mis papás en el cambio de imagen. Siempre estaba la excusa de "cuando haya dinero lo hacemos", una manera de decirte que no piensan gastar en esas cosas porque a lo mejor ellos no lo ven tan necesario.

Si vos recibís una mesada o trabajás y ganás un salario, podrías pasar a la parte rápida de subir tu autoestima de manera sencilla, invirtiendo dinero en tu imagen. Cuando viví en el extranjero, en su momento administré mi dinero y podía usar este método, y debo decirte que sí funciona. Es efectivo y ayuda. pero en este momento no es el caso. Ahora, no se trata de cambiar y nada más, se trata de amarse.

> *No se trata de cambiar y nada más, se trata de amarse.*

Dejaré un punto claro; no porque te aceptés significa debés conformarte con lo que tenés. Si algo en vos no te gusta, no estás obligado a quedarte con ello, decir que no hay solución o que no se puede cambiar. Hoy todo se puede cambiar, y es increíble. Yo siempre tuve un complejo con mis dientes, porque eran extremadamente chiquitos. Siempre me hicieron bromas al respecto y no me gustaba sonreír por ello. Pero como son los dientes nunca creí que pudiera cambiarlo. Sin embargo, hace un año, en una revisión con la dentista, ella me dijo que podía sacar el resto de mis dientes, ya que estaban siendo cubiertos por un exceso de encía. Lo siguiente que supe fue que me encontraba en su consultorio esperando para que me cortara las encías.

Fue un alivio increíble porque me deshice de uno de mis mayores complejos, entonces todo en la actualidad se puede cambiar. No obstante, yo sigo estancada con el resto de mi imagen. Fue frustrante al principio, porque sentí que de nada me servía aceptarme y seguir esos pasos si no tenía la oportunidad de cambiarlos. Después de estar molesta y sintiéndome mal por un buen rato, recordé que nadie me iba a salvar, y que podía depender de mí misma para hacer el cambio.

"

Entendí que si no tengo la oportunidad, yo misma tengo la opción de crearme una para lograr lo que quiero, porque soy independiente, porque soy capaz.

Mi problema inicial es la fuente del dinero. Así que, después de pensar por un par de horas, decidí que le pediría a mi mamá que me enseñara a coser. Si no puedo comprar la ropa, aprenderé a hacerla. Llegué a un acuerdo con ella y por suerte accedió. Encontré lo bueno de esto; y es que, a pesar de que puede tomarme un tiempo y ser exigente y algo trabajoso, al menos la ropa que usaría siempre estaría a mi talla. Sería un logro cada vez que la use. No tendría que limitarme a lo que las tiendas tienen, ya que podría hacerme lo que quisiera y, por supuesto, aprendería a hacer algo nuevo, por lo que tendría un pequeño logro. Sin embargo, nunca sucedió. Lo bueno fue que, durante el proceso y muchas horas de investigación y pruebas, comencé a disfrutar de jugar con mi ropa, de vestirme como quiero y sentirme cómoda y bonita.

Decidí hablarle a una de mis amistades y le pedí consejos. Cambiaría los hábitos de a poco para llegar a mi meta. Y procurando que sea una manera fácil y económica. Lo primero que hice fue ver lo que había aceptado de mí, pero que quería cambiar, y busqué cómo solucionarlo. Lo puse en una pequeña lista, observé todo lo escrito. Me informaría al respecto de cada uno de los puntos.

Esa es una de las cosas que siempre hay que hacer, informarse. Cuando uno sabe el problema, si se informa, estudia e investiga al respecto tiene más posibilidades de solucionarlo. Si yo no sé lo que está pasando con mi vida, muy difícilmente podré cambiarlo. Algo que puede motivarnos es la compañía de alguien en el proceso. Porque uno se siente acompañado y el compromiso es más exigente.

Por la pandemia, he dejado de lado el deporte; no obstante, es un hábito que retomaré. Quiero revisar mi alimentación también, no porque coma de mala manera, sino por las cantidades que consumo, Otra de las cosas que tomaré en cuenta es la presentación, arreglarme aunque no vaya a salir. Nada muy extravagante, pero al menos estar presentable. También organizar mi agenda para las actividades que me gustan y mis deberes.

Los horarios no suelen ajustarse a mí. Usualmente uso más las listas, sin embargo, necesitaba ver el orden de mi vida en una tabla de Excel y esta vez ser realista con las cosas que hago diariamente. Muchas veces hice horarios que eran demasiado tallados o bien que contenían cosas que yo no hacía en general. No obstante, ahora quería algo que realmente se ajustara a mi vida para poder cumplirlo. Porque ese es el tema: si no se sigue un horario o algún método de ordenamiento, entonces será un completo desperdicio.

Nunca lo había pensado y, al parecer, era algo que una de mis amigas e incluso mi mamá ya hacían: unir el método del horario junto con el de las listas. Podrán llamarme anticuada, pero a mi me gusta hacer todo lo que pueda a mano. En la computadora no puedo ponerme tan artística como me gusta. Así que no puse horas, solamente todas las actividades que debería hacer para cada día. Usualmente llenaba horarios con TODO el tiempo del día, con más de quince actividades distintas, esta vez me limité a lo que hago usualmente y lo que quiero integrar más. Por lo que no pasé de diez actividades distintas en toda la semana.

Debo decir que me da libertad no tener las horas en que debo hacer las cosas, porque así, si el colegio o algo en específico acapara más tiempo de lo usual, no me estresará no cumplir con el resto de lo escrito por día. Me gusta esta clase de horario libre, porque es más flexible y me enfoca directamente en cómo usar mi día. Así evitaré desperdiciarlo. Si bien los descansos están bien y son necesarios, siempre me han enseñado que el descanso es algo similar a no hacer del todo ciertas actividades. Mi descanso será en las noches cuando pueda relajarme, ya que me he dado cuenta de que cada vez que desperdicio mi tiempo, o literalmente me tiro a la cama a ver el techo de mi cuarto, termino deprimiéndome y me cuesta retomar el ritmo de la rutina.

Una vez que diseñé mi nuevo horario, lo plastifiqué y lo pegué en la pared de mi escritorio. Hice esto para poder usar algún *post it* si lo necesitaba (sin embargo, tengo una tablita de estos donde especifico los deberes que debo hacer en cada actividad diaria de mi vida) y además para que resista más. El horario lo empezaría a medias el día de hoy, y poco a poco iría tomando su ritmo. Ahora que me propuse salir de mi vida insatisfecha, busco métodos que no haya probado; porque, si bien he intentado muchísimas cosas y no me han funcionado, debe haber una solución que sí me funcione. Otra de las cosas que integré en mi forma de pensar es estar abierta a cualquier cambio que deba suceder en mi vida.

Muchas veces, abandonaba el deporte cuando estaba bajando de peso, porque me daba miedo verme delgada, el cambio de ser otra persona, o dejaba de hacer las cosas que me gustaban cuando todo parecía salir bien por la misma razón. Pero esta vez decidí estar abierta a que la vida me trajera lo que me tenía que traer. Y, sea bueno o malo, lo recibiré y aprenderé a aceptarlo. No obstante, debo admitir algo... si bien el diseño del horario me dejó satisfecha... plastificar no es lo mío. De lo que sí estoy orgullosa es de que no me quedaron las típicas burbujitas o montañitas de plástico, pero todo lo demás quedó fatal. Mi lado perfeccionista gritó frustrado; sin embargo, la vida no es perfecta y yo tampoco así que lo dejé como estaba. Si no se le mira mucho... cuesta notarlo.

6: Rutinas

Al ser capaz de ver los hábitos o el horario que debo seguir en mi vida, empecé las rutinas. El deporte volvió a entrar a mi vida, y debo decir que me duelen tanto las piernas que si me muevo me dan ganas de reír... para no llorar. Pero es un dolor que te da cierta satisfacción, ya que significa que estás haciendo algo productivo con tu vida. También retomé el andar en longboard, es una skate más larga de la normal con las ruedas mucho más grandes y se usa sobre todo para ir rápido o bajar cuestas. Se me había olvidado lo mucho que lo amaba...

Debo decir que, antes de que llegués a los siguientes temas, yo estoy llevándolos a cabo al mismo tiempo (algunos) para avanzar un poco más rápido. Además de que todo se complementa al final, pero esto puede traer sus desventajas. En *Pinterest* busqué algunas ideas que me pudieran ayudar con este proceso. Lo primero que hice fue encontrar un *30 day challenge* deportivo que cumpliré en el siguiente lapso. Además de integrar el longboard, estoy reduciendo mis porciones y la cantidad de azúcar que consumo a diario, como también aumenté la hidratación bebiendo más agua, ya que no suelo consumir mucha.

Decidí tomar un día a la semana para darme un respiro de todo. Si bien seguí con el día lleno de actividades, no lo saturé tanto y me di la actividad de relajarme, auto cuidarme y enforcarme en mí, sea comiendo algo que me guste mucho, creando un *spa* en mi casa o tomándome una limonada casera para que me refresque un poco en el día. También comencé a buscar rutinas que la gente suele seguir para mejorar su estilo de vida. Una de las cosas que me ha ayudado bastante ha sido el orden en mi cuarto; es decir, arreglar la cama y mantener todo en su lugar y bien arreglado. Cuando lo estaba ordenando, me di cuenta de que el escritorio que tenía dentro era el problema, ya que, cuando llegaba muy cansada, tiraba todo ahí y dejaba que se acumulara en "la esquina del terror". Desde que lo saqué, no tengo dónde hacer desorden, ya que me obliga directamente a ponerlo todo en su lugar.

Me di cuenta de que, al tener la vida tan desordenada, es complejo usar un horario, pero al principio, nada más. No obstante, relaja saber lo que tenés para hoy y poder dividir tu tiempo, evita grandes cantidades de estrés. Pero me encontré reflexionando sobre la vida que estoy cambiando. Me sentí mal conmigo misma, no solamente por descuidarme a nivel físico, sino además por descuidar tanto mi estabilidad mental. Y fue en ese momento en que me iba a comenzar a "basurear" por lo mal que he estado llevando todo, que dije: *"¡un momento por favor, vamos a analizar mejor esto!"*.

Me enojé conmigo misma, porque comenzaba a reclamarle a mi cuerpo o mente por no haber hecho otra cosa durante unas semanas más que echarme a morir en una cama, y entré en un conflicto mental. Pude haberme quejado porque mis calificaciones escolares bajaron a causa de esto y me hacía sentir mal, o no poder dormir bien por tener el cuerpo adolorido del ejercicio. Sin embargo, ¡no podía hacer nada para cambiarlo antes! La diferencia entre la persona que era hace unas semanas a lo que soy ahora es que no estaba lista para tomar las riendas de mi vida. Estaba y estoy tan cansada de vivir, que ocupaba tomarme un espacio para sanar, para recuperar las energías que ni siquiera las vacaciones me pudieron ayudar a recuperar. Y no puedo enojarme con mi pasado por ocupar ese espacio. Todo lo contrario, ¿por qué tenemos que llegar al punto de necesitar irnos a una montaña aislada o a la playa por un día o dejar todo tirado para poder recuperar el aire? No deberíamos vivir la vida con esos extremos.

Tuve que aceptar que voy un día a la vez y me sentí bien conmigo misma, porque aunque mi vida esté desordenada en este momento o no me siento bien conmigo misma en casi todos los ámbitos, al menos puedo volver a confiar en que yo misma me ataje y pueda seguir adelante, por más fea que se ponga la situación. Y no pude evitar reír cuando me di cuenta de que la aceptación y lo que ya llevo haciendo a lo largo de este libro también se convierte en una rutina.

"

Porque estar bien es una rutina positiva, una decisión y un estilo de vida.

Quiero darle otra respuesta a la frase que acabo de resaltar. Y es que muchas veces, cuando estaba en lo peor de mis crisis depresivas, familia o amistades llegaban a quejarse o regañarme y me decían que estaba en mis manos estar bien. Sí, tienen razón, pero no al 100%, ya que, si bien yo decido cuándo salir de ahí, unas veces cuesta más que otras. A veces necesito ir más lento, o que en lugar de que alguien venga a reafirmar que mi vida es un desastre, me abrace y diga que todo saldrá bien al final del día. Si veo mi pasado, me gustaría creer que lo peor ya pasó, que la razón por la cual tengo lagunas en mis recuerdos es que aún tengo un montón de heridas por sanar. Querido lector, todos somos los jueces de nuestras vidas. Vos tomarás tus decisiones, pero si estás en un estado donde ocupás tomarte un momento y descansar y alejarte de todo porque no estás bien, tenés todo el derecho de hacerlo y eso está bien. El mundo seguirá su ritmo, sí, pero no desaparecerá mañana (espero...) así que podés alcanzarlo luego.

He visto a mucha gente decir que hay que salirse de las rutinas, que son aburridas, etc. Pero la verdad es que, a pesar de que hay días en que no querés cumplirla, es algo que organiza tu tiempo. Puede ser flexible a tus necesidades un día. Es algo que te lleva firme y constante hacia una meta.

Hablando con una persona, le pregunté cómo eran para ella las rutinas que puedan satisfacer a una persona. Me dijo que lo que no suma se resta, es decir que poco a poco podemos ir sacando las cosas que no nos llenen, para solo quedarnos con lo que disfrutamos hacer, y que si tenemos obligación de hacer algo que no cumpla con esto, que no acapare la mayor parte de nuestro tiempo.

Ahora viene una parte que hay que tomar en cuenta, ¿qué hacer en los días donde no se quiere cumplir con la rutina? Usualmente, cuando me pasa esto y digo: *"Nah... por un día que no la cumpla nada va a pasar"*, termina siendo una semana, un mes o un año donde por completo dejé la rutina y nunca la volví a retomar. Para explicarlo, lo haré con mi rutina deportiva, se supone que en el challenge de treinta días me dan cuatro para descansar; por ende, no hay ejercicios programados en estos cuatro días. Dije que, para evitar parar el ritmo, haría una actividad física de relajación durante estos días, ¿por qué? porque como no es una obligación, es muy fácil renunciar a ella. Si no fuera porque el colegio es obligatorio, probablemente después de un fin de semana los docentes no me volverían a ver.

A lo que voy es: no necesitamos detener completamente la rutina, simplemente bajarle la intensidad el día que no se tenga ganas de hacer nada. A veces está bien ignorarnos, no siempre tenemos la razón. Tampoco se trata de seguir algo de manera militar, siempre pensé que en estas cosas había que hacer todo como si se estuviera en el ejército, entonces dejaba de disfrutarlo.

"

Si nosotros no tenemos una rutina llena de las cosas que nos guste hacer realmente, terminaremos renunciando a ella.

Si a mí no me gusta salir a correr y lo hago por obligación o compromiso, terminaré renunciando y volveré al principio. En cambio, si busco un deporte que sí me guste, que disfrute y que me active, disfrutaré siempre del tiempo que lo esté practicando. Funciona con todas las actividades que queramos realizar durante el día y la semana.

Como dicen por ahí: *"no es la meta lo que se disfruta, es el recorrido hacia ella"*. Claro, una vez que llegue a mi meta me sentiré orgullosa de mí, lo celebraré y lo disfrutaré totalmente, pero también quiero disfrutar del camino que estoy recorriendo. A pesar de que no es un camino fácil, de que me cueste muchas veces o me saque de mi zona de confort. Algo que comenzaré a tomar en cuenta es que, cada vez que comience a sentirme muy cómoda con alguna rutina o con un estilo de vida, la cambiaré drásticamente. Así no me estancaré nuevamente en mi comodidad.

No puedo hacerte spoiler sobre el final de este libro. No puedo decirte que definitivamente terminaré amándome y siendo feliz conmigo misma, pero debo decirte que estoy dando lo mejor de mí en este proceso. Aunque a veces no quiera despertar, como dije, tengo un compromiso personal, y haré lo que sea necesario para salir de donde estoy. Y si eso implica hacer mil rutinas y ver cuál funciona y cuál falla, lo haré. Estoy haciendo esto con mi ritmo, con calma, con paciencia y con compasión hacia mí.

Vida Social

7: Familia

¿Qué es una familia? Durante este proceso pensé mucho acerca de eso, por varias razones. Y debo decir que es difícil hablar sobre este tema, en especial porque cada vez que escribo sobre él acabo quejándome o siendo un poco insoportable. Pero mi intención con este libro es exponer a nadie, ni juzgar, ni buscar lástima. En ninguno de los temas busco eso y este no es la excepción.

Debo decir que la vida social que llevo es... nula. En lo personal, es algo que me estresa muchísimo, cada evento familiar o social es una tortura para mí, no por alguna razón en específico. Hace un año me di cuenta de que soy bastante introvertida y siempre me había esforzado en ser extrovertida, la persona que más hable del lugar, etc. Si te soy honesta... es demasiado cansado. En especial porque pretendía ser algo que no soy, porque me forzaba a ocultar con sonrisas y muchas palabras todas mis inseguridades y miedos. Pensé seriamente en no incluir este tema porque, para mí, la familia es algo muy importante. Pero es precisamente por eso que no puedo excluirlo.

No sabría decir si hay muchas personas que se sientan como me siento yo, pero tampoco creo ser la única en el mundo. Siempre me criaron con esta idea de familia perfecta, pacífica y hermosa. Prácticamente la familia de una película, como la mayoría de los estereotipos que me han metido durante toda mi vida. Y finalmente entendí que lo que hay es lo único que habrá. Creo que de niña me gustó mucho la idea que me vendieron, o cómo las demás personas a mi alrededor se desenvolvían con sus familias de una manera en la que yo no. Tal vez me aferré tanto a una mentira, que terminé sofocándome sola.

Pensé en hablar sobre el rollo interno que tengo conmigo misma, pero la verdad es que me interesa saber ¿dónde quedó la familia de verdad? No sé si alguna vez te pasó o escuchaste a una madre decirle algo a su hijo/a y que este le respondiera: *"Solo decís eso porque sos mi mamá"*, muchas veces en mi vida me pregunté por qué debía luchar por un puesto en mi familia, si se supone que al nacer ya deberías de tenerlo. Tal vez sea porque el sistema familiar me crió en un ambiente competitivo, y me di cuenta de que, si debo competir por una familia, no lo quiero. Hoy estuve analizando muchísimo sobre las posiciones que componen a una familia, madre, padre, tío, tía, abuelo, abuela, hermano mayor, hermana menor. Me encontré con el pensamiento de *"estoy obligada a amar personas nada más porque compartimos sangre"*, si lo veo de esa manera, cada vez que alguien de mi familia me diga algo cariñoso, mi mente inmediatamente lo justificará con un: *"Solo lo hacés porque sos mi familia"*. Es más un compromiso que otra cosa y, a decir verdad, es deprimente.

Siempre he sentido que mi rol en el clan es ser la persona que deba bajar la cabeza y complacer a todos, jamás decir "no", porque debo respetar a mis mayores, no equivocarme porque terminaría humillada ante mi propia raíz, o ser conocida por el lugar de donde vengo y no por quién soy. La verdad es que, cuanto más me acerco a mi vida adulta, más me doy cuenta de que ese no es mi rol, de que no tengo porqué pasar toda mi vida complaciendo a los demás. Porque, si no logro poner límites a las personas que, se supone, me conocen más, ¿cómo podré poner límites a personas ajenas?

Me he quejado durante los últimos años de que no me siento parte de una familia, de que parece que todos los demás la tienen excepto yo, de que es una constante lucha por un poder que ni siquiera existe. Recuerdo que a lo largo de mi vida muchas de estas personas no dejaron de repetir: *"Yo te conozco"*; no obstante, veo mi pasado y mi presente y me doy cuenta de que no me conocen, tal vez porque no les interese, pero también porque yo no me he dejado conocer- La imagen que conocen de mí es lo que yo quiero y permito que vean. Más tarde aprendí que tengo una carencia que mis hermanos/as mayores no, yo no crecí bajo ese núcleo familiar. Una vez que supe describir ese sentimiento pude aliviar un dolor y vacío que antes no sabía explicar.

> *La imagen que conocen de mí es lo que yo quiero y permito que vean.*

Respeto a mi familia de una manera en que jamás respetaré a nadie. Sin embargo, decidí dedicarme ese respeto, ya que nunca lo había hecho antes, y me gustaría decir que no importa si la sangre es más espesa que el agua, aún tenemos una voz. El otro día me dieron una orden, mi antigua yo, por más que no quisiera, la hubiera cumplido, aunque me hiciera daño, era algo indiscutible. Y no sé de dónde saqué el valor, pero me negué a cumplirla, dije: *"No"* y lo admito, se sintió genial, unos segundos después estaba maldiciendo mentalmente porque sentí que hasta ahí llegaría, que posiblemente habría una horrible consecuencia. No obstante, nada pasó. Luego me di cuenta del poder del "no", de la valentía que requiere esa palabra. Y entendí que un simple "no" es una oración completa.

> *Luego me di cuenta del poder del "no", de la valentía que requiere esa palabra. Y entendí que un simple "no" es una oración completa.*

Siempre he vivido con el miedo a equivocarme, darme mi lugar, exponerme o de enfrentarme a algo en lo que no estoy de acuerdo. Es justamente ese miedo el que me limita a permitir que las personas entren a mi vida, poder hablar sobre lo que más me gusta, a mostrar que yo puedo realizar ideas, que no soy un fracaso en la vida. Cuando entra el tema de los padres/madres, es algo complejo a decir verdad porque sí, ellos tienen un lugar, son la autoridad mientras se siga viviendo bajo su techo y definitivamente merecen el respeto, no sólo como seres humanos, sino también por ser las personas que renuncian fácilmente a cosas de sus vidas para velar por que la nuestra sea de las mejores. Pero en el ejercicio de la paternidad/maternidad no hay un manual, y si yo como hija no comunico que algo no me gusta, no estaré ayudando a mis padres a evolucionar en su papel.

> *Merecen el respeto, no sólo como seres humanos, sino también por ser las personas que renuncian fácilmente a cosas de sus vidas para velar por que la nuestra sea de las mejores.*

Como adolescente e hija, debo aceptar que no siempre tengo la razón y que mi rol es de hija, no de autoridad, pero creo que los padres también deben aceptar que se equivocan y deben confiar en la manera en la que criaron a sus hijos y escucharlos para tener una relación fluida. Si yo sé que al abrir la boca siempre me van a callar, regañar o humillar, ¿para qué voy a querer comunicarme? Y luego los padres reclaman que uno nunca dice nada, no comparte nada con ellos y no los involucra. La gente no está de mal humor, frustrada o triste sin razón, y si se tallan mucho las riendas, estas se van a reventar y posiblemente el adolescente explote y haga un desastre.

En una conversación que tuve una vez con una persona -usualmente cuando tengo esta clase de conversaciones con él suelo recordarlas por el resto de mis días, ya que aprendo muchas cosas nuevas-, recuerdo que dijo: *"Llegará un punto en tu vida donde las personas que quisiste que estuvieran, y que no están, van a regresar y te van a decir que están listas para estar con vos"*. Era un punto bastante válido pero no pude evitar preguntarle: *"¿Y qué pasa si cuando esto suceda yo ya no quiero que estas personas formen parte de mi vida?"*.

Siempre he esperado a los demás con tal de que no se alejen, yo estaré ahí para cuando me necesiten. Incluso estaría dispuesta a siempre darles segundas oportunidades a personas que muy probablemente no se lo merecen. Me di cuenta de esto una vez cuando fui a hacer un mandado con mi mamá. Ella fue la única en bajarse del carro, ya que por temas de la pandemia solo permitían a una persona por burbuja familiar. A pesar de que estaba tardando mucho en volver y que yo no tenía problema en esperarla, en el proceso pude darme cuenta el montón de cosas que podría haber estado haciendo con mi tiempo, si no estuviera ahí sentada aburrida esperando.

La siguiente vez que la acompañé me llevé algo para entretenerme, un instrumento musical para practicar, o el telar para seguir tejiendo la bufanda que había dejado abandonada por semanas. Me sentí muy productiva mientras la esperaba y me dio pie para reflexionar que el hecho de esperar algo o alguien no quiere decir que en el ínterin yo tenga que estar perdiendo mi tiempo, mi vida, que no tengo cómo reponer. Decidí que no dejaría de hacer cosas solo por alguien y que, cuando alguna persona venga y me pida unos minutos de mi tiempo, se los daré sin desperdiciar en la espera. Esto lo comencé a aplicar tanto para familiares como para gente fuera de mi familia.

"

El tiempo es lo único que no se puede reponer, tiempo invertido, tiempo que jamás volverá.

Me encontré disfrutando más de lo que antes disfrutaba y me di cuenta de cuáles personas valían la pena y cuáles no. Me generaba una gran ansiedad aplicar esto con mi familia, ¿cómo negarme ante alguien que comparte mi sangre o que ha estado presente durante tantos años de mi vida? Pero luego entendí que, si es mi familia la que me causa ese estrés, no tengo porqué quedarme cerca. Recuerdo una conversación que tuve de niña con una persona, esta me dijo: *"Tu familia puede ser tu mejor aliada, pero a veces... es tu propia familia la que se convierte en tu peor enemigo".* Claramente no entendí muy bien a lo que se refería en el momento, pero conforme fui creciendo, esta misma persona se encargó de demostrarme el significado de sus palabras y no pude evitar dejar de ver esta situación en demasiadas ocasiones.

No considero a mi familia como mi peor enemiga, no la considero una enemiga del todo, pero tampoco la considero mi aliada. Enfrentarme a esta realidad ha sido uno de los peores momentos de mi vida. Me dolió muchísimo aceptar que no podía controlar esta realidad, y estaba bien. Durante este proceso, decidí apartarme casi por completo de estas personas, no porque no piense en volver a hablarles o porque tenga algo en contra de ellas. Todo lo contrario, decidí alejarme para darme el espacio y estar lista. Cuando regrese será el momento en que permita que me conozcan realmente, y será cuando logre darme el lugar que merezco.

> "
> *El compartir sangre o vivir en el mismo lugar NO da derecho alguno a opinar y juzgar en nuestra vida ni cómo la vivimos.*
> *Cada persona es un individuo aparte.*

Siempre que me alejo, es porque quiero iniciar de nuevo. Para poder iniciar, debo dejar ir cosas, debo perdonar, debo recordar lo que era amar y no por compromiso. No quiero amar a alguien nada más porque así me lo enseñaron, no quiero creer en algo porque me obligaron a creer en ello. Quiero encontrarlo en mi camino y apreciarlo por cómo es. He encontrado el nombre de "familia" con personas que ni siquiera comparten mis genes, o mis gustos, o mi edad. Entonces me pregunto nuevamente, ¿qué será una familia?

Yo no puedo controlar a las demás personas, tampoco puedo controlar los sucesos de mi vida y lo que pasa alrededor mío, pero puedo controlar cómo reacciono a ello. Las relaciones familiares cercanas, tanto como las sociales, son de dos personas, no de tres, ni de cuatro, como tampoco son de una sola persona. Si yo no pongo de mi parte primero, ¿cómo puedo exigirle a la otra persona que ponga de su parte?

> *Las relaciones familiares cercanas, tanto como las sociales, son de dos personas, no de tres, ni de cuatro, como tampoco son de una sola persona.*

Sin embargo, he aprendido a no esperar nada de la vida, ni de las personas. Usualmente, cuando creo que puedo darme el espacio para imaginar como será algo, ilusionarme por alguna causa y demás, termino encontrándome con una realidad constante y recuerdo que mi suerte no suele ser la mejor. Aprendí que no puedo esperar a que las personas me entiendan, ni puedo esperar a que las cosas siempre salgan de una manera específica porque todos vivimos las situaciones de distinta forma, y la parte difícil es que, por más que se quiera cambiar algo, no está en mis manos. Siempre busco la felicidad en las cosas sencillas, pequeñas, a lo mejor cosas casi invisibles, porque tal vez aún no es mi momento para aspirar a algo más grande. Nunca me enseñaron a sentir que merezco algo, tal vez por eso me siento tan indiferente a las cosas a mi alrededor, y se hace frustrante cuando quiero algo porque me enfrento a un sentimiento que no suelo tener: la carencia.

8: Amistades

Como mencioné en el capítulo de familia, mi vida social es nula. Al principio lo era porque no lograba desenvolverme en la sociedad. Luego se volvió de esta manera por decisión propia. Siempre detesté cuando alguien me decía que renunciaba a algo porque en sus experiencias anteriores había terminado sumamente herido. Y luego entendí que estaba haciendo esto sin darme cuenta.

En estos meses de reflexión me comencé a reír, no porque algo chistoso hubiese sucedido, sino porque no tenía ganas de llorar. Me encontraba ordenando mi habitación y me encontré con una caja de zapatos que estaba llena de polvo, cuando la abrí la sorpresa fue que alguno de los gatos la había escogido de baño, o sea, ya te imaginarás el olor... Tenía un montón de cartas y fotos que he ido recolectando durante mis años escolares. En mi habitación llevo colgadas las fotos que tomé con personas que realmente he permitido entrar a mi vida. Y me pregunté: *"¿Cómo pasé de ser una persona que nunca se callaba, que siempre estaba rodeada de gente, a ser alguien que odia socializar, hablar o salir de su habitación?"*.

Creo que uno de los mayores factores fue mi año de intercambio, pero como dicen por ahí: *"Lo que sucedió en Las Vegas, se queda en Las Vegas"*. No obstante, hay muchas otras cosas, siempre que estoy en la ducha me imagino escenarios distintos de mi vida, algunos que ya pasaron y otros que aún no. Y la verdad es que soy una persona bastante particular. Siempre me describieron de esta manera, y no me alcanzan las palabras para desenredar mi enredo mental cuando se trata de explicar mi personalidad.

Mi sueño siempre fue entrar a la universidad, no porque quisiera estudiar realmente. Recuerdo que de niña le lloraba a mi mamá porque veía a todos mis compañeros hacer grupos de amigos y yo me quedaba sola y odiaba estarlo. Me sentía una perdedora (ya luego superé este pensamiento y me dejó de importar que me vieran sola, aprendí a disfrutar de mi soledad sin depender de la opinión ajena) y recuerdo que mi mamá me decía: *"Cuando entrés a la universidad vas a conocer a personas parecidas a vos, que te entiendan mejor"*. Siempre entendí sus palabras, pero nunca las había integrado. Lo hice recientemente, cuando una amistad que tengo me pidió un consejo y me dijo que yo siempre tenía las respuestas aunque no las diera explícitamente.

No pude evitar notar que todas esas dudas y frustraciones que esta persona tenía yo ya las había vivido a principios de mi adolescencia. Y entendí que mi manera de ver la vida es muy distinta. Me gusta lo simple, porque tengo muchas cosas complejas a mi alrededor que aún no he logrado solucionar como para andar agregando más problemas. ¡No, gracias!

Me di cuenta también de que no quería esperar a la universidad para sentir una amistad real, y las que se acercaron a ese anhelo se desvanecieron con el viento. Siempre que dejo una amistad hay una razón detrás. La primera puede ser que la persona no esté dando la misma cantidad que yo, o que me esté dando demasiado y yo no logre darle tanto, ese desbalance no me gusta y es frustrante. La segunda razón (la más común en mis últimas amistades fallidas) es que me utilicen. Odio cuando las personas solo hablan de sí mismas. Pero hay una manera, entiendo que uno siempre habla de uno mismo porque primero, es lo único que conocemos, y segundo, al ser humano le gusta (por lo general) hablar de sí mismo. Lo que no me gusta no es que compartan su vida conmigo y me hagan parte de ella, es el hecho de que sea siempre yo la que debe de estar escuchando y apoyando, pero cuando ocupe yo de ese servicio estas personas me den la espalda.

En otras palabras, no me gusta cuando me agarran de psicóloga y se olvidan de que hay una amistad que mantener, pero esto lo explicaré más adelante. La tercera razón por la cual suelo dejar una amistad es porque siento que hice algo mal y que la persona ya no quiera saber de mí en su vida, y la última razón es porque se torna tóxica.

Acerca de las razones anteriores, no sé si alguna vez escuchaste el dicho que dice: *"Con amigos, prefiero calidad antes que cantidad"*. Bueno, yo siempre dije lo mismo, pero nunca lo cumplí realmente, porque me sentía tan sola que con cualquier persona que quisiera pasar cinco minutos conmigo me conformaba y me dedicaba por completo. ¿Sabés qué trae eso? Esas decisiones pobres a causa del miedo a estar sola me dejaron heridas tan profundas que posiblemente ocupe terapia psicológica por años. Hay gente muy podrida en este mundo, y ahora veo a mi antiguo yo y no puedo evitar pensar: *"Si hubiera sabido que no estaría sola, que merezco más, que no soy todas esas cosas malas que suelen decir de mí, me hubiera ahorrado cicatrices que ahora cargo constantemente"*.

Sin embargo, yo fui quién tomó esas decisiones. Querido lector, casi nadie en este mundo te va a enseñar lo que es el amor propio, una buena autoestima, respeto propio. Esas cosas se aprenden por uno mismo, y desgraciadamente muchas veces se aprenden por las malas. Ahora soy muy quisquillosa con las personas a mi alrededor, porque sé que soy una persona sensible que ha permitido abusos de gente que no tenía derecho a cometerlos. Hay una frase que mi mamá me repetía constantemente durante años y a veces lo sigue haciendo, cuando ve que voy directo a una pared y acelero para darme más duro. Esa frase es: *"Nosotros permitimos que alguien nos dañe y la cantidad de daño que harán, si no le das la oportunidad a esa persona para dañarte, si no la dejás hacerlo, no te van a dañar"*. Siempre que me la repite me da mucha frustración y enojo, porque evitar que una persona te dañe no es fácil, es difícil darse su lugar y es difícil poner tus oídos sordos para que tu corazón no sienta.

> **"**
>
> **"Nosotros permitimos que alguien nos dañe y la cantidad de daño que harán, si no le das la oportunidad a esa persona para dañarte, si no la dejás hacerlo, no te van a dañar"**

Y no importa qué tan mala sea la relación con una persona, cuando vas a cerrar ese ciclo duele, y durante ese duelo para dejarla ir, uno se arrepiente y quiere volver a estar con. Es duro no hacerles caso a tus emociones que gritan por dejar tu camino y devolverte a donde estabas. Hace unos meses, tres personas a las que quería muchísimo decidieron irse de mi vida al mismo tiempo, de tres maneras distintas y horribles. No te voy a mentir, todavía extraño a esas personas, todavía me muero por hablarles, todavía quiero tener una relación con ellas. Pero al menos ahora que no están, no me preocupo por equivocarme, por hacerlas enojar, por decir o hacer algo que no debía y que posiblemente vaya a molestarles, ¿por qué voy a querer una relación con alguien si debo preocuparme por no equivocarme todo el tiempo? Quiero ser libre.

Tener que llevar tres duelos al mismo tiempo fue algo muy duro para mí, algo que sigo haciendo. Cuando logré encontrar paz en relación con estas personas, dos de ellas volvieron a mi vida y la relación pareció fortalecerse, por lo que disfruto aún más de sus compañías sin preocuparme por fallar. En esa misma época me pregunté lo que sería de las vidas de dos viejas amistades a las cuales les había dejado de hablar, en especial porque daba miedo hablarles, ya pensaba que me odiaban, pero aún así decidí contactarlas. El cambio en ambas era impresionante, estaba muy feliz de verlas tan bien, y lo que más me alivió fue saber que ninguna me odiaba, todo lo contrario. Desgraciadamente, por la cuarentena, mi contacto con estas personas se mantiene de manera virtual y no es tan constante como me gustaría.

Hace poco, una persona con la que retomé contacto me dijo que hubo un suceso en su vida que le hizo entender todas las veces en las que yo parecía un zombie vagando por la vida, me entristeció saber esto, porque la verdad prefiero que las personas no entiendan lo que se siente estar mal. En cierto modo, sentí un peso irse de mis hombros, cuando tengo una amistad nueva tiendo a ocultar una gran parte de mí, no porque me dé miedo que sepan que soy autodestructiva o que he vivido deprimida gran parte de mi vida, la suelo ocultar porque muchísima gente no entiende estas situaciones y suele haber una barrera que hace que me sienta a kilómetros de distancia. Pero juntarme con personas que sufren de depresión muchas veces me hace tener recaídas feas. Cuando conocí a esta persona me di cuenta de lo pura que era. Al principio pensé que era una amistad imposible, porque en aquel entonces yo todavía estaba en uno de mis peores momentos y no quería arruinar la luz que emanaba siempre. Luego dije que si quería estar bien debía de juntarme con personas que sumaran, no que me restaran. Esta persona me dijo entre risas que la primera vez que me vio pensó que yo era la típica *"bully"*, sin embargo cuando me conoció se encontró con una persona totalmente distinta.

La primera imagen que tuve de esta persona no fue la mejor tampoco, pero es alguien a quien admiro mucho. Mi manera de acercarme fue viendo sus apuntes del colegio, el orden y los distintos colores que usaba, su letra redonda y grande. Mi letra en aquel entonces era grande pero desordenada, así que empecé a copiar su estilo, y le pedía sus útiles escolares para que mi cuaderno pareciera *"vómito de unicornio"* como el de ella, solo que el mío no quedaba tan bonito. Sin darme cuenta terminé almorzando todos los días con ella. Me reía, compartía gustos, bailaba, competíamos, bromeábamos. Si bien he tenido amistades que me ofrecen lo mismo, ninguna me ha hecho sentir de la misma manera. Tal vez por eso todas las demás murieron, y esta no.

Cuando me di cuenta de que esta persona en específico no me odiaba, no estaba resentida conmigo, no tenía nada en mi contra a pesar de ciertas circunstancias que sucedieron en el pasado a mi alrededor, fue una de las mejores cosas que me pasaron en este 2020. Pienso constantemente en ella y le deseo siempre lo mejor. Si hablamos disfruto de la conversación como si nunca hubiéramos dejado de hablar. La amistad que tengo con esta persona significa muchísimo. Honestamente, puedo perderlo todo mañana y no me importa, pero si la perdiera a ella, por más que no hablemos mucho, sé que me arrepentiría por el resto de mi vida.

A inicios de este año me encontré con la pérdida de otra amistad que se tornó tóxica, posiblemente porque nunca dije las cosas que me molestaban. La falta de comunicación fue nuestro talón de Aquiles, y las circunstancias de mi vida que en su momento no eran las mejores. Durante los siguientes seis meses no quise saber absolutamente nada de ella y me sentía bien. Pero, conforme pasó el tiempo, me di cuenta de que teníamos buenos recuerdos como para tirarlos por la borda. Tuve que aceptar que muchas veces yo puedo llegar a ser una persona insoportable. A veces soy muy odiosa, y también acepté que no todo era mi culpa. Intenté retomar la amistad, al principio se sentía incómodo y forzado, así que pensé que hasta ahí llegaría. Pero de alguna manera logramos volver a empezar. A esta persona le pedí ayuda para el proceso de este libro, en el ámbito del deporte y con algunos hábitos ¡y ha dado resultado! he visto el cambio que he tenido desde que me empezó a ayudar, lo que hizo este proceso muchísimo menos pesado. Es motivante tener a gente apoyándote. Me prometí a mí misma, y me comprometí con ella, que el cambio que estoy realizando afectaría de manera positiva mis relaciones, no solamente con esta persona, sino con las demás.

> **"**
>
> **Sin embargo, algunas relaciones, por más que se intente lo contrario, están destinadas a terminar y eso es lo mejor para todos.**

Hay personas que fueron parte de mi vida en un momento y por distancia he perdido gran parte de esa relación, en especial porque viven en países distintos y no puedo dividirme en veinte para irlas a visitar. Pero me gusta pensar que en algún momento de mi vida podremos estar frente a frente. He aprendido mucho de las personas que se han cruzado en mi vida durante mis diecisiete años, aunque hayan dejado una mala o una buena huella, los recuerdos y las enseñanzas que llevo me hacen reflexionar a diario. Ahora que quiero retomar la parte social de mi vida, puedo ver hacia el pasado y saber qué clase de personas quiero y qué clase de persona quiero ser alrededor de ellas.

Una de mis metas con el proceso que estoy llevando a cabo es poder volver a divertirme con otras personas. Dicen que el ser humano es un ser social y yo me he estado sintiendo muy cómoda en mi soledad, lo cual tiene su lado positivo pero en el fondo tampoco es sano. Uno de los problemas a causa de mi gran inseguridad es que siento que cuando entro a un lugar todo el mundo me está viendo, juzgando, riéndose de mí. Hay varias cosas que he estado aprendiendo durante este crecimiento y una es que nadie tiene tiempo para estar viendo a otra persona, y la gente que sí juzga es porque no tiene nada mejor que hacer con su vida más que ver su propia realidad en otras personas. Siempre escuché a gente decir cosas como: *"Hacé lo que querás, de todos modos lo hagás o no, te van a juzgar"* y si bien tienen razón, hay algo que tomar en cuenta, este pensamiento me ayudó muchísimas veces a salir adelante, como también me ayudó a dejar de juzgar.

Las personas solo van a juzgarte cuando están haciendo menos que vos, porque una persona que está haciendo más cosas que vos no tiene la necesidad ni el tiempo para parar a juzgarte; en cambio, te ayudará a avanzar porque tiene la experiencia de ese proceso. Esta es una de las razones por las cuales he notado que las personas tienden a juzgar a otras. La segunda razón la aprendí cuando me encontraba llorando en los brazos de mi mamá. Recuerdo que lloraba porque no entendía la razón de la crueldad de muchas personas, no entendía por qué me trataban mal en ciertos lugares ni tampoco entendía por qué siempre la gente asumía cosas sobre mí sin conocerme y no me daban la oportunidad de limpiar mi nombre en sus propias conclusiones, ella me dijo: *"Es la ley del espejo, no tenés que tomarte las cosas de manera personal porque la gente no te está viendo a vos, lo que está viendo es un reflejo de ellos mismos en vos, cuando caminás sos un espejo de todas las cosas malas que una persona no quiere aceptar de sí misma"*. Entendí que cuando una persona no se veía reflejada en mí se cumplía lo que dije al inicio, *"Una persona solo te juzgará cuando está haciendo menos que vos"*, pero como me di cuenta de que la gente odiaba en mí lo que odiaban de ellos mismos, cada vez que me encontraba a mí misma juzgando a alguien, me detenía a pensar… ¿Qué no estoy queriendo aceptar de mí? Y dejaba de juzgarlos.

"

Las personas solo van a juzgarte cuando están haciendo menos que vos, porque una persona que está haciendo más cosas que vos no tiene la necesidad ni el tiempo para parar a juzgarte.

Había olvidado estas cosas, pero ahora que las vuelvo a analizar e integrar, me alivia saber que la gente que me dijo que yo era un asco o que yo estaba mal en todo, solo ocupaba decirlo en voz alta para reafirmarlo en ellos mismos, y yo estaba de paso con los oídos abiertos para escucharlos y ayudarles a aliviar el dolor interno, y me hace feliz.

Hace unos días me quejaba de sucesos pasados, ahora que escribo esto me siento feliz, porque sí, la pasé mal en aquel momento, no entendía qué estaba pasando. No obstante, fui el saco de boxeo que la gente ocupaba para poder sanar algo que les estaba causando dolor. Al igual que yo me siento bien después de nadar, darle a una bola de Tenis o golpear con todas mis fuerzas un saco de boxeo, estas personas lograron sacar algo que les causaba problema y tuvieron la suerte de que yo los escuchara.

Si bien comencé a cargar con problemas ajenos, ahora que entiendo de dónde salieron, cómo y cuándo, sé que estoy lista para dejar esa mochila llena de piedras ajenas encontradas en el camino, e ir libre por lo que me falta recorrer hasta llegar a la cima. Ya que dejé este peso muerto, no podré aceptar piedras a los demás caminantes, pero podré ofrecerles mi compañía y buena energía durante el camino. Me siento lista para volver a salir al mundo y dejar de ser egoísta, porque como me dijo una sabia persona una vez: *"Al aislarte del mundo, estás siendo egoísta, dejás de compartir lo que sos cuando a mucha gente le puede servir tener a alguien como vos, dejá de esconderte, dejá de ser egoísta"*.

Ya tomé mi espacio, ya aprendí a desintoxicarme, ahora mi pregunta es... ¿Por qué no salir? Sin embargo, entendí que la vida me trae a personas que me causan daño, que siempre apuntan al mismo lugar: mi amor propio. Me di cuenta de que si las personas no pueden darme lo mejor de ellas, yo sí lo haría. Ser la mejor amiga que las personas puedan tener, porque es lo que yo también busco. En estos meses me he dado cuenta de que siempre se me acercan personas con una característica en común que ya logré detectar, me frustra y me enoja que tiendan a seguir ciertos comportamientos, pero en vez de molestarme con esta gente, puedo dirigir la pregunta hacia ¿qué me está queriendo decir la vida? Nunca entendí por qué si alguien hacía algo malo, era yo quién generalmente debía disculparse primero. Se siente increíblemente bien mantenerse firme, a pesar de que duela, el placer que viene después de saber que no tuve que disculparme porque no fui yo quien tiró la bomba primero, se siente genial. Yo no siento la necesidad de buscar la aceptación ajena porque no tengo un lugar específico, no tengo ese problema, pero me molesta que las personas en busca de su lugar vengan a invadir el mío. Siempre que esto sucedía solía huir, les regalaba mi espacio para no causar problemas ni herir a nadie. No obstante, en estos meses de reflexión lo he dejado de ver como una salida coherente, ¿por qué he de ser yo la que ceda siempre?

No me considero una persona tonta, cuando alguien me quiere dar un mensaje entre líneas no hay problema, ya que lo sé leer. Más allá de salir a explorar el mundo, me di cuenta que primero debo partir de las vidas de aquellas personas que no saben como decirme que me vaya yo primero y no sentirme mal por ello. Luego me di cuenta de que ya llegará a mi vida alguien con quien compartir momentos sin necesidad de maltratarnos en el proceso. Como dije antes, en relación al tema de amistades, es mejor la calidad antes que la cantidad ¿para qué llenarse de personas que cuando se vayan me harán arrepentirme por todo el tiempo que les di?

Finalmente, al revisar de nuevo mis amistades, me di cuenta que no puedo controlar si ellos son mis amigos o no, pero sí puedo controlar la clase de amiga que quiero ser.

Crisis

9: Ansiedad

Hemos venido bien durante estos pasos ¿no? Me has visto analizar, volver a abrirme a cosas a las que estaba sumamente cerrada. Durante este proceso me has estado viendo salir adelante, recuperar amistades que aprecio demasiado y perder a otras que me hacían daño. Sin embargo... te voy a decir una cosa, no todo es perfecto, en algún momento tengo que caer y puede que sea este momento.

Empezaré con la ansiedad. Soy una persona sumamente ansiosa, por ansiedad he llegado a un estado donde no he podido comer por días, tampoco dormir y en el que mi nariz no dejaba de sangrar, así de mal llegué a estar. Esta palabra la detesto, como detesto la palabra depresión, suicida, psicólogo, psiquiatra... Son cinco palabras que durante muchos años juré no pronunciar, que me costó decir en mi vida cotidiana, son palabras que requieren un esfuerzo inmenso para salir de mi cuerpo.

Durante este proceso, he tenido recaídas. Una de las razones por las cuales inicié el libro fue porque volví a autolesionarme después de meses sin haberlo hecho. Quiero romper mi récord, llegar a dos años sin hacerme daño físico, lo más que he llegado es al año. Hasta hace poco supe poner en palabras la verdadera razón que ese sea mi escape. No obstante, no es algo que compartiré explícitamente. Lo que te diré es que cuando me deprimo me siento ansiosa, cuando ando ansiosa me deprimo, es un ciclo increíblemente adictivo, frustrante y agotador. Para mí, el acto de autolesión me ayuda a respirar, me alivia cuando un sentimiento es demasiado fuerte para procesar.

Cada vez que en mi terapia psicológica se toca un tema demasiado fuerte y bloqueado, no puedo evitar sentir que mi mundo se cae y me dan mis peores crisis. Y me comprometo para no empeorar las cosas, pero a veces no lo logro. Desde que tomé estos métodos de escape, se convirtieron en mi segunda opción. Pero como dije antes, al no consumir pastillas, el compromiso conmigo misma es mucho más fuerte que antes.

Esta semana he sentido una gran recaída, me he sentido muy ansiosa, y me deprimí porque volví al inicio del proceso. Pero viendo el cambio que estoy generando en mi vida, los resultados que el deporte me ha dado, que llevo el colegio al día nuevamente, que estoy más hidratada y que tengo un gran sentimiento de querer salir adelante, supe que esta vez no puedo dar mi brazo a torcer. Durante la semana pensé en escribir este capítulo como el más miserable de todos, donde nutriría mi ansiedad y mi malestar, pero la verdad es... que no quiero que esa ansiedad vuelva a tomar control sobre mí. Porque la razón de mi depresión posiblemente sea que soy una bomba de estrés andante, el solo hecho de llamar a algún lugar para pedir una simple comida me estresa demasiado.

Veo que el libro pronto se acabará y me estresa pensar en que a lo mejor al público no le guste, en que puede que todo salga mal, en que el proceso de publicación es trabajoso, me estresa también ver que cuesta bajar de peso, que el colegio es exigente, no saber lo que quiero estudiar en la Universidad y que en unos meses me estaré graduando. Hay muchísimas cosas que me estresan a diario, pero tuve que parar y respirar porque... ninguna de ellas está pasando en este momento. No puedo estresarme por cosas que aún no llegan y no puedo lamentarme por cosas que ya pasaron. Como dice la frase: *"La culpa no puede remediar el pasado, ni la ansiedad resolver el futuro"*.

❝

No puedo estresarme por cosas que aún no llegan y no puedo lamentarme por cosas que ya pasaron.

Me gustaría culpar al miedo de vivir como causa de mi ansiedad. Decir que cuando necesito calmar la acidez de mi estómago en una situación donde me siento expuesta, es por el miedo, ya había hablado sobre él.

¿Cómo dejar la ansiedad? Algunas personas utilizan las pastillas para esto (podría preguntar al respecto, pero me niego a consumir pastillas, por lo que evito esos temas). Busqué respuestas en internet, me di cuenta de que yo ya usaba los métodos que dijeron para aliviarlo de manera natural y aún así no eran suficientes.

Algo que me calma muchísimo la ansiedad es hacer deporte. Aunque a veces me estresa o deprime hacerlo, sé que mi estado mental sin el deporte será muchísimo más inestable que si lo hago. Y la verdad es que no me fascina la idea de hacer deporte. Es cansado, se suda y, si no se tiene buena condición física, duele todo el cuerpo. Otra cosa que mencioné al inicio del libro es la meditación. Sin embargo, no es que yo sea ansiosa siempre, en realidad me gusta llevar mi propio ritmo y estar en paz. Cuando alguien me necesita, estoy ahí de manera tranquila y despreocupada, aunque esto contradiga lo que dije anteriormente. Lo pondré de esta manera: me estresa cuando me sacan de mi estado de paz, fuera de eso y de mi hiperactividad, soy una persona bastante tranquila.

A decir verdad, siempre me impresionó la calma de mi mamá, en especial cuando se enfrentaba a situaciones difíciles. Recuerdo mi primer ataque de pánico. Sentí que se me cerraba la garganta y no podía respirar. Y cuando el aire entraba a mis pulmones me daba miedo que dejara de hacerlo, entonces hiperventilaba. No suelo entrar en esta clase de estados y, después de tener varios, supe distinguir cuándo me iba a dar uno o no.

Tal vez te parezca ilógico, pero muchas veces yo misma me inducía a ese estado, pero no porque lo disfrutara, sino porque sabía que no siempre podría depender de mi mamá cuando los sufriera. Ella sabía cómo calmarme, unas veces duraba más tiempo que otras, pero siempre me ayudaba a regresar. Cuando hice estos experimentos de recrear el sentimiento del ataque de pánico hasta llegar a uno, al principio no lograba encontrar una manera de aliviarlo y terminaba fracasando. Luego recurrí a morderme las manos y los brazos. Pero hacerme daño tampoco aliviaba el estrés, puesto que me inundaba la culpa.

Durante el experimento de entender lo que eran mis ataques de pánico, busqué recrear el sentimiento de todas las veces que estaba con mi mamá y recrear su voz para calmarme. Siempre me ha impresionado la memoria muscular que tengo o mi facilidad para recordar una sensación física o una emoción en específico como si lo estuviera viviendo por primera vez. Seguí fracasando, hasta que una vez me encontraba en mi cama escuchando al profesor dejar un proyecto para una materia que, en lo personal, no me gusta. Y me estresé, entré en pánico porque no entendía lo que pedía y el profesor no me estaba siendo de mucha ayuda.

No recuerdo si al final hice el trabajo o no, pero recordé algo que una vez una persona me dijo cuando vivía en el extranjero. En aquel momento estaba estresada porque la temporada deportiva estaba siendo exigente y los exámenes finales estaban a la vuelta de la esquina. Tenía la costumbre de darme libre en las actividades extracurriculares en temporada de exámenes, pero en mi año de intercambio esto no sucedía, y esta persona era muy sarcástica y directa y después de escucharme me dijo: *"La única manera para que dejés de llorar, estresarte y hacer tus berrinches, es haciendo lo que tenés que hacer, dejá de pensar el montón de cosas que tenés en la lista, simplemente hacelas, luego te vas a dar cuenta de que las terminaste antes de lo que te esperabas y todo salió bien"*.

Claramente es más fácil decirlo que hacerlo, pero respiré profundo y volví a empezar y pude salir del estado de pánico en el que me encontraba aquel día. Y sí, me estresa muchísimo no poder controlar el futuro, no saber lo que me espera, no saber si mañana me dirán que no podré seguir haciendo todas las cosas que disfruto hacer, y me estresa también equivocarme, porque me da miedo no ser suficiente, o que la gente me siga tomando como el hazmerreír del lugar.

No obstante, la única persona que puede salir adelante soy yo, nadie me puede ayudar a hacerlo. En este proceso hice una lista de todas las actividades que tengo que hacer durante la semana. Las dividí en pequeños papeles adhesivos y las pegué en mi horario conforme su nivel de prioridad. Lo voy cumpliendo día a día. Cuando me doy cuenta, ya es viernes y terminé todo lo que había que hacer. Si me estreso mucho, me permito llorar unos minutos y dejar salir esa frustración, sin embargo me limito a una condición: Al terminar de llorar voy a apagar mi mente y hacer las cosas que tengo que hacer.

Este ejercicio lo llevo haciendo desde que empecé el proceso, esta vez me lo tomo más en serio y si deja de servirme lo modifico a una nueva posibilidad para que vuelva a funcionar. De momento no he tenido otro ataque de pánico, y las preocupaciones las dejo ir, porque si paso todo el tiempo pensando lo que quiero para mi futuro, solo me causaré estrés, si pienso en lo que quiero para mañana nada más, la respuesta cambia.

Siempre he visto a gente decir "voy a intentar hacer esto o lo otro". Incluso durante mucho tiempo yo hablaba así. Luego me di cuenta de que en esta vida no existe un "intentar". O se hacen las cosas o no se hacen, pero eso de estar indecisa, evasiva o ambigua no. Una de las cosas que más me ha costado cambiar a lo largo de este proceso, además de mis hábitos alimenticios, ha sido mi manera de pensar.

"

O se hacen las cosas o no se hacen, pero eso de estar indecisa, evasiva o ambigua no.

Siempre me dijeron que las cosas pasaban por una razón, pero yo me preguntaba *"¿Y si las cosas no pasan?"*. Me he dado cuenta de que sí, todo sucede por algo, y que si algo no sucede, es porque era una lección que debía aprender, no era para mí o había alguna razón por la cual yo no tenía que vivir la experiencia. Tenía que vivir la experiencia de que algo que yo quería que pasara no lo hiciera.

Otra cosa que entendí acerca de mi ansiedad es que es mi combustible para la depresión, y que el miedo a fracasar es totalmente innecesario; porque, como mencioné antes, comenzaría a darme mi lugar. Cada vez que me he caído al suelo, lo único que me queda es levantarme, tal vez porque me da algo de fobia que pase algún insecto cerca y se me suba. Pero es lo mismo, si yo no estoy haciendo nada malo

¿por qué debo disculparme? Es mi vida, nadie me puede hacer nada ni me pueden decir cómo debo vivirla si yo no estoy haciendo nada que afecte a los demás, ¿qué me pueden hacer? No estoy rompiendo la ley al equivocarme, no estoy matando a nadie al crecer, no estoy lastimando a nadie al ser feliz y sentirme bien.

El miedo a dejar ir... mi miedo a dejar ir las cosas se debe a que temo quedar con un vacío que no pueda llenar. Pero la verdad es que si no dejo ir seguiré intoxicándome con mi propia mente. El otro día estaba descalza en mi habitación, por lo general no me gusta usar zapatos, pisé algo que me dolió, en mi intento de levantar el pie perdí el equilibrio y lo apoyé con más fuerza, causé que aquel objeto se incrustara más en mi piel.

Obviamente me dolía, cuando le dije a mi mamá ella no vio nada, pero cuando toqué el lugar donde me dolía sentí la piel dura, además de que esta se había levantado con una forma cuadrada. Le dije que había algo ahí dentro, ella me preguntó si me lo quería sacar yo, usualmente cuando uno se hace las cosas a uno mismo duele menos que cuando una persona te lo hace. Había visto a mi abuela sacarnos espinas, vidrios o astillas en años anteriores, usualmente lo hacía con un par de pinzas y una aguja.

Mi mamá me puso alcohol y desinfectó las pinzas y la aguja, empecé a experimentar con mi pie hasta tocar el objeto. Era un pedazo pequeño de vidrio grueso y transparente. ¿Qué hacía un vidrio en mi cuarto? Ni idea, pero la verdad era que dolía mucho sacarlo, tanto que yo sola no podría hacerlo, pues mi cuerpo me obligaría a parar para detener el daño que le estaba causando. Así que le pasé las pinzas a mi mamá y ella me siguió sacando, claramente no era mi mamá la que estaba sufriendo, así que ella no tenía una razón por la cual parar. Pero finalmente lo sacó y dejó de dolerme. Ella me dijo: *"Es importante ser valiente y sacar lo que te hace daño, de lo contrario el cuerpo hará un callo sobre el objeto extraño y te dolerá más, o podría causar un daño mayor"*, entendí que por más miedo y ansiedad que me diera debía dejarlos ir, no podía seguir aferrándome a mis miedos excesivos, y claro que queda un hueco, al igual que después de sacar el vidrio tenía un pequeño hueco cuadrado en la planta del pie.

Pero al igual que este, con los días sanará, ese hueco se cerrará y la vida seguirá como si nada hubiera pasado.

> "
> **Con los días sanará, ese hueco se cerrará y la vida seguirá como si nada hubiera pasado.**

No es fácil, es una lucha de poder conmigo misma, donde no les otorgo el control a mis emociones, donde debo mantener mis pies firmes, donde debo confiar en que todo saldrá bien al final del día, y que si no sucede así, siempre saldrá el sol a las cinco de la mañana para darme una nueva oportunidad, para que todo termine de acomodarse de manera correcta. Como dicen: *"No podemos controlar las cosas a nuestro alrededor, pero podemos controlar cómo reaccionamos a ellas"*.

10: Depresión

¿Por qué vuelvo a hablar de este tema si ya lo mencioné al inicio del libro? porque es mi realidad. Siempre me dio miedo no saber lo que me sucedía, el no entender la razón del por qué no me sentía bien. Y mucha gente me dijo que no se ganaba nada sabiendo que tenía depresión. No obstante, si yo no sé lo que tengo ¿cómo podré solucionarlo?

> ❝
> *Si yo no sé lo que tengo ¿cómo podré solucionarlo?*

Últimamente he hablado mucho con mi depresión, conversaciones serias con ella donde me frustro sola. De niña leí una vez una frase que decía más o menos así: *"La única cosa que no te abandonará, es tu sombra"*, claramente era una frase para deprimirme más, pero me di cuenta de que mentía, ya que si yo apagaba la luz y quedaba a oscuras, mi sombra se mezclaría con la oscuridad y me abandonaría.

Lo que no me ha abandonado durante casi toda mi vida ha sido la depresión, yo me abandoné por muchos años, pero la depresión no. Y es que ha estado durante tanto tiempo, que aprendí a que me gustara sentirme así, se hizo adictivo sentirse mal. Aprendí a disfrutar de mis ojeras por el insomnio, cada vez que veía mi piel cicatrizar me sentía mal porque aprendí a gustar de las heridas que yo misma me causaba. No son para nada bonitas, pero a mí me gustaba porque me sentía cómoda, siempre me he sentido cómoda sintiéndome miserable, teniendo pena de mí misma.

Sonará extraño, tal vez mucha gente no lo entienda, pero mi depresión se hizo mi mejor amiga. Cuando llegaba a ver mi cuerpo deteriorándose o en mal estado por culpa del estrés o el malestar, lo disfrutaba, y sé que si vuelvo a ese estado posiblemente lo disfrute de nuevo. Sin embargo, me di cuenta del terrible daño que me estaba causando. Desde que retomé el deporte y mi vida en general gracias a este proceso, no he podido dormir. Ya que pasé de estar completamente pasiva, a hacer ejercicio todos los días, moverme por toda la casa, salir a patinar. Retomé mis prácticas de música y paso dibujando todo el día. La razón por la cual no he podido dormir es porque a media noche me despierto con el cuerpo adolorido y entumecido, como si faltara aceite en mis articulaciones, antes podía pasar recto toda la noche en la misma posición. En especial porque a mi gata le gusta dormir entre mis piernas, seguramente porque la hace sentir rodeada.

Me di cuenta de que llevaba tantos meses postrada como un vegetal en mi cama que posiblemente mi cuerpo se sumergió en un estado de *"Ya no sirvo, poco a poco moriré"*. Una vez me explicaron la importancia de ayudar a una persona con depresión a que se mueva, o por qué en los hospitales hacían que los pacientes no se quedaran siempre en la cama, y nunca se me había ocurrido que el cuerpo comenzara a dejar de funcionar por no moverse. Perder la movilidad por estar deprimida, eso me estaba costando la depresión de los últimos tres meses que llevo encerrada por la pandemia.

Antes, podía dejar mi vida tirada, pero al menos tenía que moverme para ir al colegio. Ahora que no tengo que salir, no hay una razón para moverme. Y es horrible saber que, siendo tan joven, me sienta así, que mi cuerpo se estuviera rindiendo conmigo porque yo me rendí también. Y me entró miedo, ¿mi comodidad a costa de qué? En especial porque llegué al punto en que entrando al trance del sueño dejaba de respirar.

Es frustrante pasar una mala noche por dolor; no obstante, me he dado cuenta de que desde que comencé a salir adelante, mi insomnio se ha reducido en gran medida, mis pesadillas han desaparecido. Si no fuera por el entumecimiento, podría dormir más de tres horas seguidas sin despertarme a media noche o en la madrugada y es un logro, uno bastante grande a decir verdad.

Siempre me dijeron que yo no podía hablar de esto, que no debía dejar que la gente supiera que me sentía mal, que todos los días durante doce años cada vez que me despierto lo único que he pensado es: *"¿Si me suicido hoy todo será mejor para mí y para el mundo?"* Cada cita a la que asistí con psiquiatras o psicólogos en años anteriores, donde me hablaban de que yo era suicida, depresiva, de que yo jamás sería una persona "normal", era horrible.

No obstante, ahora me abro a la posibilidad de aceptar que hay cosas que debo superar. Hace unos días tuve una recaída. Como dije antes, me frustró porque todo el avance que he hecho hasta ahora con este proceso volvió al inicio. Y como estaba de mal humor, fue más fácil que una sola palabra me desestabilizara. La persona lo dijo por enojo y posiblemente no lo dijo de verdad. Aun así, sentí que mi pecho se encogía y mi mente explotó, no podía dejar de darle la razón a esa única palabra.

Pensé en autolesionarme, porque el dolor era insoportable. Ahora bien, me escondí a llorar, pasé varias horas llorando y sintiendo que mi mundo se derrumbaba. Miré mi cinturón y pensé: *"Ya lo has intentado antes, esta será la definitiva"*. Y mientras me lo ataba al cuello respiré profundo, recordé un dibujo que hace unos meses había hecho donde dije que el suicidio era una opción, que no debía de sentirme cobarde por decidir usarla, que todo en esta vida era válido. No obstante, observé todo lo que he venido haciendo, todos mis esfuerzos por salir adelante y pensé: *"Sí, el suicidio es una opción, pero no para mí"*, me sorprendió ver que una sola palabra me había llevado a tal estado de desesperación, sin embargo no lo vi justo. Mis razones para no suicidarme siempre fueron muy vacías y superficiales, fueron pequeñas excusas para no rendirme.

Por primera vez en mi vida entendí que no era justo, ¿por qué yo debía renunciar a mi vida nada más porque personas a mi alrededor no me dan valor? Yo me pongo mi propio valor, yo decido qué tanto valgo para vivir o no, y nadie, absolutamente nadie podrá quitarme ese derecho. Yo también tengo derecho a vivir, y sí, a veces la vida es una completa mierda (no tengo más palabras para describir lo fea que puede ser muchísimas veces), y he odiado muchos años en los que he tenido que sobrevivir y he lamentado muchas decisiones estúpidas que he tomado en mi vida.

> *Yo me pongo mi propio valor, yo decido qué tanto valgo para vivir o no, y nadie, absolutamente nadie podrá quitarme ese derecho.*

No creo que esa sea la razón para renunciar. Me encontraba debatiendo mentalmente conmigo misma, y no pude evitar recordar a todos aquellos que se han encargado de hacer de mi vida un asco. También a todos los que me han usado o me han hecho llevar la culpa de cosas que ni siquiera me involucran. Recordé todas las veces en las que me dijeron que si yo desaparecía no importaría, todas las veces en que me dijeron que debía morir, en que yo no merecía ser feliz o que la gente que decía quererme solo fingía porque yo era una especie de monstruo, un peligro para la sociedad y para todo aquel que se me acercara. Y me enojé, porque no quería darle el gusto a personas que lo único que supieron hacer era escupir veneno.

"Hay gente que tiene azúcar en la lengua y veneno en su corazón", he conocido a gente así, sin embargo yo sé la clase de persona que soy. Yo sé que muchas veces me han etiquetado de robot, tóxica, fría, masoquista y que disfruto ver sufrir a los otros. Pero también sé que soy una persona que puede darlo todo de sí, que le gusta ver sonreír a los demás, que observa a los niños jugar porque le gusta la inocencia de la vida que viven, que se enoja cuando ve a alguien maltratar a otra persona, que es leal y que en todo lo que hace siempre da lo mejor de sí.

Fue en este momento que comencé a estar consciente de lo que soy, de que puedo estar bien. No obstante, supe que, cuanto mejor llegue a estar, peor me voy a sentir ¿por qué? Como me dijo el otro día mi psicólogo: *"Cuando estás bien te dan los peores bajonazos porque empiezan a brotar cosas que llevás reprimiendo y que ahora sos lo suficientemente madura como para solucionar todo lo que debe sanar"*. Y es cierto, siempre salen cosas, es como cuando voy a la peluquería- Tengo tanto pelo que la encargada puede cortar y cortar y siempre van a seguir saliendo grandes cantidades de pelo. Es exactamente lo mismo; puedo estar bien, pero siempre habrá alguna herida que sanar, algún problema que resolver, algún tema que deba hablar. En estos momentos es cuando más fácilmente me deprimo, cuando me doy cuenta de lo mal que estaba o de lo mal que están las cosas a mi alrededor. Es aquí donde conozco verdades que no quería ver por el gran daño, la gran decepción que me causan, pero que debo aceptar porque aprendo que no son mi culpa, ni tampoco son mi responsabilidad. Tiendo a culparme por cosas ajenas (nada nuevo como te habrás dado cuenta), pero ya puedo decir *"***alto** *"*, pues no quiero seguir cargando con lo que no me pertenece, porque no puedo controlar ciertas cosas. No hay nada que pueda hacer al respecto para que estos factores cambien.

Me di cuenta de que, si me suicidara en ese preciso momento, ya no tendría la oportunidad de dar. Si hay algo que amo hacer es eso, y no hace falta que la gente me de algo a cambio o que me agradezca, porque el hecho de que acepten lo que tengo para dar, es un regalo. Y agradezco poder disfrutar de ese regalo. Siempre que pensaba en esto me sentía arrogante, siempre que alguien me daba un cumplido me costaba aceptarlo porque no quería parecer arrogante, ya que no sabía si lo merecía. Sin embargo, esta fue la primera vez que me permití aceptar que no era arrogancia, no veo problema en amar lo que soy, en aceptar que soy una persona capaz y que soy alguien que no se rinde fácilmente.

Dejé de llorar y me prometí que no volvería a dejar que nada me volviera a poner en ese estado. Me quité el cinturón del cuello, aliviando la tensión de mi garganta, salí de mi escondite y salí de mi cuarto y seguí con mi vida tal cual. No necesito del permiso de nadie para vivir, no necesito la aprobación y no necesito que la gente opine sobre mí o sobre mi vida.

> *No necesito del permiso de nadie para vivir, no necesito la aprobación y no necesito que la gente opine sobre mí o sobre mi vida.*

Los días posteriores a este, me di cuenta que habían pasado años desde la última vez que me sentí tan libre, que no me daba miedo reírme sin razón, que cualquier estupidez me hacía carcajear hasta llorar y que tenía ganas de hacer todo lo que me gustaba, que me sentía lista para salir por completo de ese estado depresivo. Entendí que jamás podré cambiar el pasado, pero que no viviría mi futuro pensando en todo el daño causado, porque lo que pasó ya pasó.

> *Jamás podré cambiar el pasado, pero no viviría mi futuro pensando en todo el daño causado, porque lo que pasó ya pasó.*

Empatía

11: Amabilidad

A pesar de dejar mis decisiones claras mentalmente y por escrito, hay algo que no se puede evadir y es la amabilidad. Primero, conmigo misma y segundo hacia los demás. Hay una posibilidad de que en un futuro vuelva a tener alguna que otra crisis; ahora bien, no por estar decidida debo ignorarme.

Durante este proceso he aprendido que debo de ser amable conmigo, al igual que con las personas a mi alrededor. Ha sido difícil ir día a día y no maltratarme por eso, o poner tantas limitaciones a lo que yo puedo hacer y a lo que me gusta. Estoy satisfecha con los logros que llevo hasta ahora, ya que, si bien aún no me siento cómoda bajo mi propia piel y me faltan muchas cosas por conocer, al menos he dejado de insultarme a menudo, de menospreciarme. Me encuentro en estado neutro, y sé que pronto estaré adentrándome en un mundo donde no me dará miedo ser yo y poder disfrutar de todo lo que me gusta.

Una de las cosas que he aprendido en lo que la amabilidad respecta, es la paciencia. En lo personal, no me considero paciente en lo absoluto, sin embargo es aceptar que hay que bajarle tres rayas a la intensidad e ir más despacio y ser compasiva, sea conmigo misma o con otra persona. Algo que no me gusta acerca de mí es mi actitud negativa, no hacia alguna meta en específico, simplemente es una actitud de pereza, molestia o irritación que suelo tener hacia todo y todos. La verdad es que me disgusta ser así y sé que a las demás personas también les disgusta estar conmigo por ello. Para empezar, quiero cambiarlo por mí, y de una vez hacer que las demás personas pasen un mejor rato a mi alrededor.

Busqué cosas para aprender y mantenerme informada, pero llegué a la conclusión de que esto es una decisión mental que solo yo podré cambiar. Siempre me frustraba cuando me decían que si algo no me gustaba debía cambiarlo, y cuando les preguntaba cómo hacerlo, estas personas solo me respondieron: *"Cambiándolo"*.

Jamás me explicaron cómo hacerlo, tal vez porque es algo que cuesta poner en palabras. Para decirlo de una manera más sencilla, creo que para poder cambiar algo hay que tomar consciencia en el momento en que está sucediendo y detenerse a pensar el por qué de esa actitud, cortar con eso de inmediato, cambiar el *chip* . No importa si las demás personas me toman como bipolar por cambiar tan drásticamente en segundos, pero es mejor así, se trata de ir practicando a menudo la manera de pensar y de actuar. Aunque no es nada fácil, sé que cambiar los hábitos mentales es posible. Como el experimento de Pavlov, si bien le enseñó al perro que cada vez que escuchara una campana debía salivar, también probó que es posible desaprender lo aprendido.

Hay una conversación que suelo retomar con mi mamá, que es sobre dar y recibir. La parte compleja es que no podemos recibir si no damos y no podemos dar si no recibimos. Mucha gente vive sus vidas creyendo que lo único que deben hacer es recibir y recibir sin importarles los demás, mientras que otras personas se la pasan dando a todos pero no aceptan recibir. A veces me pregunto qué pasaría si todos diéramos de primero, sin pretender recibir antes. Inmediatamente eso que diéramos se convertiría en un recibimiento, primero porque el poder dar ya es en sí el recibir, pero además nadie se quedaría sin nada. Algo así como el juego del *Amigo Secreto:* alguien empieza dando su regalo en el círculo y quién lo recibe da a otra persona de inmediato, hasta que se cierra el ciclo.

> *Porque el poder dar ya es en sí el recibir, pero además nadie se quedaría sin nada.*

Esta vida es muy larga como para no ser amable y muy corta como para no soñar. Y es que la verdad es gratis, la amabilidad no cuesta absolutamente nada, como tampoco cuesta decir un *"gracias"* y con esta pequeña acción podemos mejorar el día de cualquier persona. Me di cuenta de que quiero ser una persona que sume, no que reste a los demás ni por supuesto a mí misma.

> *Esta vida es muy larga como para no ser amable y muy corta como para no soñar.*

Este proceso inició con una meta general que, se podría decir, es a largo plazo. No obstante durante el camino, he encontrado pequeños propósitos a corto plazo que podría hacer fácilmente. Y se siente bien tener algo que celebrar casi todos los días, buscar algo que agradecer a diario. Algo qué reconocer me da a saber que no todo el tiempo será una tormenta, que si bien hay momentos malos, también hay momentos buenos y que valen la pena en la vida. Estos momentos positivos que nos suceden pueden no ser eternos, pero logran superar muchísimos momentos negativos que recordamos.

La amabilidad es lo que me ha enseñado a cambiar mi manera de pensar, que si no cambio la manera en la que yo me trato a mí misma, no podré dejar de recibir el trato ajeno que no quiero. Creo que aún soy algo joven para entender muy bien este proceso de darme tiempos y darme amor. Usualmente es algo que veo que les pasa más a los adultos que a los adolescentes, por lo que acepto con total tranquilidad que el final de mi adolescencia es el inicio definitivo de este proceso. Y no puedo esperar a vivir todo lo que me hace falta vivir, experimentar, aprender, países por visitar, gente que conocer. Hay tantas cosas que aún quiero dar, que me emociona.

Ya no me molesta la idea de ir día a día, con un ritmo tranquilo, disfrutando del paisaje, del aire que entra por mi nariz y nutre mis pulmones. Antes, pensar que debía ir lento me daba demasiada pereza, pero la verdad es que, si no voy a hacer bien las cosas, es mejor que ni las empiece. Y si el método más efectivo para estar bien conmigo misma, para sentirme llena y enérgica es ir despacio, lo haré. De nada sirve ir rápido si voy a tener vacíos y el proceso será inestable.

12: Límites

Si hay algo que deba decir y tomar en cuenta, es que los límites son extremadamente importantes, porque aplican para absolutamente todo. Supongo que no a muchas personas les gustan los límites, pero, en mi caso, suelo limitarme para todo, y puede que los ponga a las personas que se involucran conmigo. Honestamente, no es lo más bonito de hacer, pero sí es necesario para no salir lastimada por cualquier situación.

La amabilidad es algo que estoy integrando en mi vida y a lo que debo darle mucho trabajo, pero a veces, por ser muy amable, las personas terminan aprovechándose de eso. Es ahí, precisamente, donde hay que poner los límites. Existen otro tipo de límites que estoy aprendiendo a usar: los racionales, por ejemplo; ponerle un límite a mi mente para no sobrepensar las cosas como suelo hacer, o poner prioridades y cumplirlas antes de darme el día libre e ignorar mi vida.

Yo no puedo controlar cuándo me va a dar una crisis o qué día me voy a deprimir, como tampoco puedo controlar el momento en el que aparece mi ansiedad o mis problemas, pero sí que puedo poner un alto y una cantidad de tiempo limitada donde permitiré que se desarrollen estas situaciones, tanto para las cosas positivas como para las negativas.

Sin embargo, decidí quitar muchos de los límites que suelo poner, ya que solo existen en mi cabeza y no me benefician en lo absoluto. Y es que con este tema hay que buscar primero el beneficio propio. Porque, si bien yo apoyo el pensar en los demás, creo que a veces es bueno ser egoísta y darse un espacio para rechazar lo que nos hace daño o no nos aporta nada bueno en general.

Me gusta la idea de saber cuáles son mis límites, no los que la sociedad me impone o los que la gente me dice que debo tener en cuenta para poder convivir con ellos, sino los que yo misma me pongo. Muchas veces me dijeron que yo no sabía cuándo parar, que tenía que saber cuándo había perdido una pelea o que debía conocer mi lugar. No obstante, recuerdo una conversación con uno de mis profesores hace unos años, me dijo que era interesante porque cuando hacíamos ejercicio y sentíamos que ya no dábamos más, en realidad nuestro cuerpo sí podía, es nuestra mente la que nos dice que no podemos. Creo que sus palabras se grabaron en mí de manera automática, tal vez por eso he logrado levantarme cada vez que siento que no puedo, y al principio de este libro me sentía tan, pero tan cansada que sentí que moriría, que mi cuerpo dejaría de funcionar por el montón de cosas que le estaba exigiendo.

"

Es nuestra mente la que nos dice que no podemos.

Ahora que le puse límites a mis actitudes y costumbres negativas, ya no me siento tan cansada como antes. Sé que aún me queda energía por recuperar, pero me he dado cuenta de que la vida sigue. El mundo no dejará de darme un amanecer nada más porque yo crea que no puedo despertar al día siguiente.

Me hace gracia pensar que hay mucha gente que ya sabe todas estas cosas, que ya pasaron por todo esto. Para mí sigue siendo un mundo completamente nuevo, pero al mismo tiempo me da esperanza. A veces, cuando algo me da miedo o me estresa, por ejemplo ir a vivir a otro país sola o algo por el estilo, suelo pensar: *"Hay millones de personas que han hecho todo solas y lo logran, ya alguien lo hizo antes que yo... y si ellos pudieron y pueden, yo también podré"*. De algún modo, este pensamiento suele calmarme de una manera increíble, y me repito esto como un *mantra* para cada proyecto que comienzo y desarrollo.

Luego me pongo a observar a los humanos, imagino que soy otra clase de ser que está llegando a un planeta nuevo y los observa, los analizo en todo. Si me pongo a pensar toda la evolución humana no puedo evitar sentir alivio. Nada en esta vida es imposible, y aunque pueda haber muchas cosas negativas en la humanidad, el ser humano ha avanzado muchísimo en su evolución: ha aprendido a trasladarse tanto por agua como por aire, ha logrado comunicarse con distintos idiomas, ha logrado sobrevivir a un mundo donde se encontraba solo y donde suele estarlo gran parte de su vida.

¿Quién le puso los límites a las personas que nos llevaron a evolucionar? ¿Quién les dijo que no podían hacerlo? ¿Y cómo estas personas se mantuvieron firmes ante un *"Yo sí puedo y sí lo voy a lograr"*?.

Si bien mi libertad termina donde inicia la libertad de las otras personas, creo que si puedo dar algo positivo al mundo, que beneficiará a los demás, no debería de limitarme tanto. Tal vez parezca idealista o ingenua, pero entender que puedo ser libre y hacer lo que quiera siempre y cuando no me ponga en el camino de los demás ni haga daño a nadie, me hace pensar que me encuentro entre unas altas montañas verdes, donde puedo correr sin límite sin importar a qué parte vaya, pues no me voy a caer de esa montaña.

‟

Mi libertad termina donde inicia la libertad de las otras personas.

Control

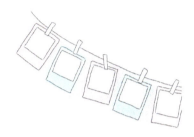

13: Motivación

Creo que es importante hablar de la motivación y de todo lo que gira alrededor de esta. Muchas veces perdí ese sentimiento por este proceso, esa chispa que me impulsa a hacer las cosas y querer ser una persona activa.

Honestamente, cuando inicio un proyecto que me emociona, suelo ser muy obsesiva, y una amistad me preguntó de dónde sacaba esa obsesión por hacer las cosas. Mi respuesta al principio fue algo vaga, ya que pensé que se basaba casi todo en la motivación que sintiera en el trayecto. Sin embargo, me di cuenta de que hay mucho más que eso, fuera de mi obsesión o la motivación que me impulse.

Para explicarle a esta persona la razón de mi obsesión dibujé mi ciclo o las etapas que suelo seguir en algo, porque, como habrás visto, es mentira que yo no deje tirado algo y luego vuelva a retomarlo, a todos les pasa y me incluyo. Mi ciclo salió algo así: *Ambición* → *Motivación* → *Disciplina* → *Rutina* → *Orden* → *Obsesión* y vuelvo a empezar. El otro día tuve una conversación sobre lo que era estar motivada por factores externos y lo que era la motivación interna. En resumen, no deberíamos depender de lo que nos motive de manera externa.

"

No deberíamos de depender de lo que nos motive de manera externa.

Por lo general soy una persona ambiciosa y comencé a notar que, cuando alguien era demasiado bueno en algo, era porque gracias a su obsesión, mantenía una gran disciplina. Pensé que si lograba enfocar mi necesidad obsesiva en algo que realmente quisiera, entonces sería buena en las cosas que llevara a cabo, lo que efectivamente sucedió.

Usualmente, cuando algo me llama la atención, comienzo a imaginar un montón de escenarios y mi motivación crece, pero la verdad es que, si no fuera por la disciplina que me he obligado a tener en TODAS las cosas que hago, posiblemente me pasaría más a menudo que deje una actividad de lado. No obstante, sale una gran duda; ¿de dónde saco esa obsesión? Hace poco me di cuenta de la constante represión que me causo al no querer enfrentarme a muchas emociones que vengo cargando desde hace años.

El otro día alguien me dijo: *"Creo que las personas heridas son las que más daño causan"*. Efectivamente, y siempre mi temor de dejar salir la necesidad de lastimar a los demás primero para que no puedan lastimarme ellos después, es un sentimiento tan fuerte, tan presente, que me aterra. Me di cuenta de que, cuando me obsesiono con algo nuevo, se siente exactamente igual a esta horrible necesidad de defenderme de las personas constantemente. Me dio paz encontrar que la razón por la cual soy tan obsesiva con muchas cosas es porque necesito sentirme segura en un lugar, sea siguiendo las reglas, o absorbiendo todo lo que puedo de un tema para sentir que tengo el control de las cosas y que nada saldrá mal.

Claramente, muchas cosas en la vida no se pueden controlar y otro montón de cosas salen mal, tanto que me da risa porque es hasta irónico, sin embargo, algo debo aprender de ellas. Creo que es por el constante análisis que me hago a diario, la constante ansiedad que siento por querer ser perfecta y que todo salga perfecto, que siempre busco la motivación interna, ya que odio no saber qué tan estables serán los factores externos. Entonces, según entendí por las palabras de mi profesor en esta charla, la motivación interna es aquella que nace desde dentro de nosotros sin necesidad de factores fuera de nuestra vida o estado natural, mientras que la motivación externa se basa en todo lo que nos rodea.

> "
> *Hacer que las reacciones aparezcan por lo que se produce dentro, y que no sean reacciones automáticas hacia lo que aparece sin control, afuera.*

No sé si realmente debería de llamarse "motivación" este capítulo; no obstante, en este proceso mi motivación fue casi nula. Tomé una decisión que se basó mayormente en la disciplina, el orden y la rutina. La ambición y motivación se integraron cuando decidí documentar mi proceso y la manera en que lo estoy llevando a cabo a diario. Debo admitir que hay cosas en las que aún fallo, pero me esfuerzo por cambiarlas.

Se siente bien poder hacer algo que me guste mucho todo el día, sin importar qué, porque es el momento donde siento paz, donde siento que el mundo puede esperar porque estoy invirtiendo mi tiempo en mí. Sin embargo, sé que antes de estos días de proceso, donde me he enfocado en sanar y crecer, yo no tenía motivación alguna por la vida. Realmente, aún no sé si la tenga del todo, pero al menos sé que cada día que despierto no vivo gracias a la disciplina, ni porque no tenga remedio, que acepto el transcurso de la semana.

Desde mi experiencia, creo que tener motivación en la vida es algo importante. No tanto motivación por hacer algo, sino la motivación por vivir. Esto aplica para personas que sufren de ansiedad, depresión, o que tienen pensamientos suicidas, pero sobre todo para las personas quienes les rodean. Verás, querido lector, no es fácil para las personas que están alrededor de alguien así, en mi caso sé que no ha sido para nada fácil para mi mamá, o para mi abuela, o para las amistades que se enteraron de esto porque no supe ocultarlo bien. También me he encontrado en la posición de ser la amiga que deba levantar a una persona del suelo, ya que no tiene a nadie más y se ha sentido perdida en el camino. Y es duro. Cuando supe el esfuerzo que requería ser la persona estable cuando alguien más está en el borde del abismo no pude evitar llorar de frustración, por sentir la impotencia y el dolor de saber que pueden perder algo que, al final del día, vale el esfuerzo.

He visto llorar a gente a mi alrededor por mis acciones y, en su momento, no pude sentir nada, pues mantenía en mí el pensamiento de: *"Si vos te sentís así de mal por verme en este estado, imaginá cómo me siento yo"* me gustaría explicar que cuando una persona está en ese estado, lo que MENOS necesita es que las personas vengan a exigirle, gritarle por estar deprimida, o que le hagan saber las frustraciones que esta persona les está haciendo pasar, porque cuando te encontrás a un centímetro de caer, estas cosas solo te hacen querer saltar.

En su momento, no pude explicarles a mis seres queridos por qué todos sus esfuerzos parecían ser en vano, y por qué parecía que yo los ignoraba, lo cual no era así. Ahora, si vos te encontrás en la posición del espectador, no podés hacer mucho, y tenés que tener cautela con lo que vayás a hacer, pues podrías empeorar las cosas. NO es tu responsabilidad. Si, por el contrario, sos la persona que vive deprimida, te quiero decir que tu responsabilidad es salir adelante. No importa si alguien más causó el desastre. Como en mi caso, que tal vez mis familiares cercanos y gente que se ha cruzado en mi camino causaron gran parte del inicio de mi malestar, a vos te toca hacerlo solo. Como dije al comenzar el libro, nadie te va a salvar, porque no es su responsabilidad hacerlo.

Entonces, al espectador de una situación de estas: si vas a ayudar no hay problema, siempre y cuando no sea causando estrés, haciéndole saber a la persona que está mal, etc. Sería mejor cerrar la boca, la persona ya sabe que todo está mal. Cada vez que alguien se enojaba conmigo por ver que me había vuelto a autolesionar yo sabía mejor que nadie lo "jodida" que me encontraba. Cuando alguien está en ese estado, lo que menos quiere es que le hagan sentir peor. Las palabras son un arma sumamente poderosa, si te soy honesta, yo prefiero ir a la calle a que me agarren a golpes a que me hieran psicológicamente, porque las heridas físicas sanan más rápido que las mentales y emocionales. Y las palabras son algo que aunque se quiera, no se pueden retirar. Una vez dicho algo, ya causaste una reacción, sea mala o buena, la persona que las recibió podrá perdonarte o agradecerte, pero a lo mejor no las vaya a olvidar.

> *Las heridas físicas sanan más rápido que las mentales y emocionales.*

A la persona que se encuentra en una situación así: los demás no van a entender tu dolor si además ni siquiera han pasado por algo parecido. En terapias pasadas me sentí muy frustrada porque no me entendían y siempre pensé que, si un psiquiatra o un psicólogo no lo lograba, ¿quién entonces? En los días malos, yo sé que cuesta, que uno se levanta por obligación, pero te vas a sentir peor si dejás que las personas a tu alrededor se encarguen de levantarte. Al principio, podés decir que vivís para no lastimarlas, pero siempre las vas a lastimar si seguís descuidándote, y no importa cómo llegaste ahí. Hay maneras de salir adelante. Pero así como vos decidís quedarte en ese estado, también está en tus manos dejar de estarlo. Te vas a caer, cada vez que te levantés vas a volver al suelo y vas a sentir que el mundo te odia. Entonces cerrá los ojos y andá a un mundo donde seás feliz, donde te veás haciendo todo lo que querés hacer y dejalo entrar en vos. Date el permiso de salir adelante. Tal vez sintás que nadie está esperando a que regresés de ese pozo frío y apestoso, pero aunque sea difícil de creer, siempre habrá mínimo una persona que sí. No importa la etapa de la vida que estés pasando, si sos adulto o adolescente, y si ves o creés que no hay nadie esperando a que salgás adelante, tanto yo como todas las personas que lo estamos logrando, te estamos esperando. Andá un día a la vez, y confiá en que la tormenta se aliviará. Y no olvidés siempre tenerte paciencia y amor.

> *Así como vos decidís quedarte en ese estado, también está en tus manos dejar de estarlo.*

Cuando logramos tomar una decisión, por más duro que sea y por más que nos lleve mucho tiempo reconocer que no estamos mal, es increíble el cambio. A decir verdad, encontrar una motivación para vivir no es tarea sencilla. Como dije anteriormente, yo ni siquiera estoy segura de haberla encontrado completamente, pero decidí que no quiero excusas baratas para no morir, ¿mi motivación de momento? Quiero vivir, es mi razón. No importa cómo, pero quiero vivir. No le temo a la muerte, cuando llegue mi hora lo aceptaré, pero al menos no iré a encontrar a la muerte a mitad de camino, dejaré que me encuentre primero.

¿Qué más razón que esa? Si una persona quiere vivir, quiere seguir abriendo los ojos todos los días y quiere disfrutar de las pequeñas cosas que la vida trae, ¿para qué otra excusa? Y la verdad es que no se puede tener motivación en nada más si antes no encontramos una motivación por vivir. Es raro para mí decir esto: es la primera vez en más de una década que admito que quiero seguir viva, que no quiero morir. Creo que es otro logro, a decir verdad, y me siento orgullosa de mí misma por saber que este proceso está dando resultados positivos, que no ha sido un experimento fallido, y te agradezco, querido lector, por ser quien me acompañe en el camino de la búsqueda de mi felicidad. Realmente lo aprecio y es algo que mantendré conmigo durante mucho tiempo.

> *Si una persona quiere vivir, quiere seguir abriendo los ojos todos los días y quiere disfrutar de las pequeñas cosas que la vida trae, es razón suficiente.*

14: Paz

La felicidad es temporal, la tristeza siempre tendrá un final, ¿y la paz? Si bien hay muchísima gente que no sabe vivir sin guerra, que necesita sangre y demás, yo me pregunto si alguna vez había sentido tanta paz como la que siento ahora. No tengo ni idea de lo que me espera en el futuro, y tengo demasiadas cosas que sanar, sin embargo, estoy en el medio de la ciudad y me siento como si estuviera flotando en un inmenso océano cristalino. Durante mucho tiempo, me había sentido en un pozo sin fondo, donde el agua me ahogaba y no entraba la luz. Cuando no me encontraba en ese pozo, me sentía a cien pisos de altura en un edificio con solo ventanas, donde la gente me podía ver y señalar, pero era mi propia jaula y podía ver a todos vivir, caminar o desenvolverse, mientras yo daba vueltas en ese lugar como un león en el zoológico.

Siempre vi a las personas llevar su vida con calma, como si el mundo no se fuese a acabar aunque las cosas no sucedieran, o teniendo un obstáculo por superar, como si tuvieran su vida resuelta o supieran de qué se trata vivir. Tal vez ellas logran tener esa paz interior porque han vivido mucho más que yo. En mi vida tengo un par de años que se sienten como una nube negra, los recuerdos son borrosos. Me gusta referirme a esa etapa de mi vida como el agujero negro; pero, ahora que veo hacia atrás, me doy cuenta de que el sol volvió a salir, que siempre saldrá, que el mundo me dará una nueva oportunidad para ser mejor persona cada día, para equivocarme y crecer.

"

El mundo me dará una nueva oportunidad para ser mejor persona cada día, para equivocarme y crecer.

Saber esto me da mucha tranquilidad, no todo lo tengo que hacer hoy, no todo tiene que ser ya, no todo tiene que ser de una manera específica. Durante estos días me he sentido completa, sin necesidad de tener muchas cosas. Al inicio de esta aventura, creí que necesitaba todas las cosas materiales que la gente suele usar para encontrar el amor propio. Ni siquiera tenía esperanzas de que fuera a funcionar. Me he dado cuenta de que no ocupo nada de esas cosas, solo debo llenar mi vaso, en lugar de contribuir para llenar el de los demás por un rato.

El tiempo se encargará de darme todo lo demás, todo lo que me involucra pero no tiene nada que ver con mi ser interior. Si me dejo llevar y me encargo solamente de estar bien, saludable, feliz y satisfecha, todo lo demás será recibido en su momento, sea bueno o malo. Durante el día, observo a mis dos gatos. Ellos suelen dormir siempre, pero tienen una expresión pacífica, desinteresada. Todo tiene un momento, un ritmo y ellos lo siguen.

Hace poco, me dijeron que no debía comparar a los humanos con los animales (suelo comparar a las personas con algún animal para entender su manera de pensar, emociones y simplificar el comportamiento humano, una de mis metas es saber al menos un dato curioso de todo animal del cuál se sepa su existencia, honestamente es más fácil para mí entender a un ser vivo que a un ser humano), ya que somos especies distintas, pues el ser humano piensa y los animales no, esto los hace "inferiores"; sin embargo, me doy cuenta de que ha sido mi capacidad de pensar la que me ha llevado a mis peores estados. Hace unos días, mi profesora de canto me dijo que para cantar tenía que dejar de pensar, que las cosas se acomodarían solas y la voz saldría con su color natural. Apenas dejé de sobre pensar todo lo que debía hacer para cantar bien lo logré, obtuve más confianza en mí misma, y mejoré muchísimo.

"

Ha sido mi capacidad para pensar la que me ha llevado a mis peores estados.

Luego dije que tal vez, si dejara de pensar tanto, si solo pensara cuando fuese necesario, si me dejara llevar por mis instintos y por la vida, todo sería más fácil. Efectivamente ha estado pasando, río más y más a menudo, me dan ganas de hacer muchas cosas y de dejar de esconderme en mi habitación. Aprendí a ponerle límites a mi mente, porque soy profesional cuando se trata de pensar de más y, la verdad, me siento mucho más plena.

¿Realmente el humano es superior a un animal? según lo que yo veo, los animales tienen paz, no se estresan por la vida, solo viven, el humano no, y si ser superior es pasarla mal, prefiero no serlo. Escucharé lo que las plantas y los animales tienen que expresar, escucharé lo que yo tengo para decir y me aferraré a eso, al final del día sólo me tengo a mí misma para salir adelante. Y si eso no es suficiente, no sé qué lo será.

Ya no pienso en que no calzo en la sociedad, en que mi cuerpo no cumple el estereotipo, en que pensar distinto me causa problemas. Ya no pienso en mi pasado ni me estreso por mi futuro. Ya no pienso en que todos mis planes no saldrán, porque aunque la situación se vea fea, si hay un 1% de probabilidad de que las cosas salgan bien y de que todo funcione, mantendré la esperanza, al fin y al cabo, ese 1% sigue siendo una posibilidad. Me da paz saber de que si respeto a los demás, a la autoridad y a la gente que me rodea a pesar de no estar de acuerdo con ellos tendré libertad, y me calma saber que nadie puede opinar por mí, porque nadie me conoce mejor de lo que yo me conozco.

> *Nadie puede opinar por mí, porque nadie me conoce mejor de lo que yo me conozco.*

Hace unas horas, alguien a quien no tenía ganas de ver me escribió. Su razón para escribirme fue una estupidez y a pesar de parecer estar pidiendo disculpas, tuvo el valor de decirme: *"Me sorprende lo inmadura que sos"*, cuando no estábamos discutiendo, en ningún momento abrí la conversación para un debate, simplemente estaba afirmando la realidad. Pensé que esta persona lograría romper mi equilibrio, ya que me marcó bastante en la temporada que estuvo de mi vida. Pero esta persona fue solo un capítulo que ya cerré y nada gano pensando en estos momentos que ya pasaron.

Mi vieja yo la hubiera mandado al carajo, hubiera maldecido a esta persona por todo, No obstante, me di cuenta de que yo no tengo por qué estar justificándome cuando mis decisiones no le incumben a los demás en lo absoluto. Y aquí viene algo que me gustaría decir: no porque una persona tenga la razón significa que mi argumento está mal, y no porque me quede callada significa que la persona tenga la razón.

> *No porque una persona tenga la razón significa que mi argumento está mal, y no porque me quede callada significa que la persona tenga la razón.*

Muchas veces, cuando estamos en una situación problemática y no respondemos, las personas se llegan a molestar. Aprendí esto por las malas, pero si uno responde se alteran más. Me di cuenta de que, cuando no respondo, es más fácil saber cuáles batallas pelear y cuáles dejar ir. No tengo que huir de la vida, como tampoco tengo que participar en todas las peleas.

El otro día, hablaba sobre las carreras que ofrecía la universidad a la que quiero ir, y alguien me dijo que estudiara Derecho. Siempre me han dicho que soy peleona, que debería seguir los pasos de mis mayores y ser abogada, pero cuando esta persona me dijo que debería estudiar eso le dije que no, no tengo nada en contra de la carrera y para muchas personas será una profesión que amen; pero yo no quiero vivir mi vida debatiendo con medio mundo para dejar un punto claro. No tengo ganas de pelear con las personas, siento que tengo mejores cosas que hacer.

Estoy finalizando mi adolescencia, quiero disfrutar del período donde no pertenezco a ningún lugar. Siempre me dijeron que por lo que se adolece en esta etapa es por saber que soy muy pequeña para hacer lo que los adultos hacen y muy grande para seguir haciendo lo que los niños hacen. Pero, al no pertenecer a ninguna parte, soy libre de encontrar mi camino, soy libre de decidir quién quiero ser de grande, soy libre de las responsabilidades que conlleva ser adulto. ¿Qué mejor que eso?

La adolescencia, el período de la libertad, donde no se pertenece a ninguna parte. Yo no quiero pertenecer a las etiquetas sociales, quiero pertenecer a mí misma. Sin embargo, seré honesta, es mucho más fácil decirlo que hacerlo. Desde que comencé a hacer mis cambios, la vida se ha esmerado en ponerme situaciones donde es fácil perder la calma. Se me dio la oportunidad de enfrentarme a uno de mis más grandes miedos y límites, y, de alguna manera, logré pasarlo muy levemente, pero después lo analicé y recuperé mi compostura. No es nada fácil, en especial cuando las personas no ponen de su parte, pero al menos yo sí cumpliré con la mía.

He logrado dejar ir cuando apenas ha sucedido el evento, cosa que no suelo hacer con tal facilidad. No obstante, me siento de manera neutral, a veces queremos que las demás personas entiendan, pero estas serán tercas. No está mal, parte de mi proceso ha sido aprender a lidiar con situaciones que me causan estrés, aceptar que en algunas puedo hacer algo al respecto y en otras no. Al final del día, yo decidiré si sentirme mal y volver a tirarme piedras por eso, o si dejarlo ir.

Ponerle límites a las personas y aún así sentirse en paz con uno mismo, vaya reto. Sin embargo, sé que todo requiere de práctica y paciencia y acepté que llegaré ahí. Aprenderé a hacerlo de una buena manera y todo seguirá su camino. Aceptar esto, cosa que nunca había hecho ni entendido antes, me hace sentir segura conmigo misma.

Final

15: Está bien NO estar bien

Posiblemente hayás escuchado esta frase anteriormente en algún lugar o entre una lista de frases para inspirarte. Y tiene toda la razón, está completamente bien no estarlo y, si lo aceptamos, nos daremos un respiro a nosotros mismos, porque es una manera de comenzar el proceso de sanación. Pensé en poner este tema de primero, pero me gustaría cerrar con él.

Ahora, una de las razones por las cuales quise abordar este tema fue porque el otro día estaba hablando con mi mamá y me dijo algo que nunca había escuchado. Quiero tomar esta frase un momento y hacerle unos cambios, si tenés este libro en físico lo podés hacer conmigo, si lo tenés en E-book yo lo haré sola, vamos a revisar la oración *"Está bien NO estar bien"*, ¿ya la viste bien? Perfecto, ahora la volveré a escribir pero en el proceso le haremos una raya a una palabra, si lo tachás conmigo entonces podés hacerlo como querás, no importa si destrozás la palabra. Y quedará así: Está bien N̶O̶ estar bien. Lo que me queda al tachar el "NO" es una hermosa frase que me dice: *"Está bien estar bien"*.

> ❝
>
> *"Está bien estar bien"*

La magia de las palabras: elimino algo y ya el significado cambia completamente. Cuando mi mamá me dijo que estaba bien estar bien, me sorprendí, porque nunca lo había escuchado en positivo, la verdad es que estar bien es trabajo arduo, ya que, como mencioné antes, cuando entro en un estado deplorable me es adictivo. Claro que salir de esos estados es difícil, mantenerse en uno bueno también lo es y requiere de disciplina, muchísima paciencia y compasión por mí misma, sin embargo ¡tengo permitido estar bien!

Algo que me molesta mucho en la sociedad de hoy, o al menos en lo que a mi alrededor respecta, es que las personas se molestan e insultan y juzgan horriblemente a las personas que son exitosas o que están haciendo algo bien. Cuando hablé de juzgar, dije las razones por las que una persona lo suele hacer. No obstante, no debería ser así, una de mis reglas de vida desde hace muchos años es alegrarme por el éxito de los demás. No te lo voy a negar, muchísimas veces he caído en la envidia y el odio, pues tal vez me sentí frustrada de esforzarme tanto por algo y que no me saliera, mientras que otra persona se esforzaba menos y era el boom del lugar. Pero la verdad es que cada persona vive lo que tenga que vivir y aprende lo que tenga que aprender.

> **“**
> *Cada persona vive lo que tenga que vivir y aprende lo que tenga que aprender.*

Yo no puedo enojarme por el éxito de los demás, pues todos somos humanos y en esta vida lo único que queremos hacer es sobrevivir, amar y ser amados. La conversación que tenía con mi mamá me dio el punto de vista de que las personas exitosas deben aplicar una gran energía para mantenerse firmes y no dejarse caer por el constante odio que el mundo les pueda dar.

Sin embargo, las personas no necesitan del permiso de los demás para estar bien, para tener éxito en la vida o para vivir en general. Me he dado cuenta de que, si alguien me da un cumplido, me cuesta agradecerlo, porque me hace sentir arrogante. Si yo acepto que soy buena en algo, la gente me juzgará como una arrogante también. Al parecer, no podemos decir en lo que somos buenos, ya que, de lo contrario, estamos intentando dejar mal a las demás personas. No podemos jamás ser mejor que otra persona, pues, de nuevo, si tengo más capacidad que alguien entonces me *"me quemaré en el infierno"*.

Disculpá mi sarcasmo, realmente me parece irónico que la gente intente apoyar a los demás para aliviar sus dolores y estar bien, pero apenas se logra estarlo, te apuñalan por la espalda. O puede suceder todo lo contrario, apenas estás bien, todas las personas se acercan de manera interesada, y apenas caés, estás en la soledad de nuevo. Algo que siempre me dio miedo fue estar bien, o delgada, o simplemente ser feliz, porque me daba miedo que todas esas personas, que lo único que han hecho es mirarme por encima de su hombro, bajaran su ego y se me acercaran como garrapatas por mero interés. De alguna manera lo usé de excusa para mantenerme mal.

"

¿Cuál es tu excusa para estar mal?

Creo que, independientemente de lo que las personas digan, tengo total libertad de aceptar que soy buena en algunas cosas, así como aceptar que no seré buena en otras. No es que yo sea la mejor del mundo, siempre habrá alguien mejor que yo en esta vida; ahora bien, no me interesa competir con las demás personas para ver quién tiene más o menos. Después de entender todo lo que he entendido durante estos días de esfuerzo no quiero volver donde estaba.

Estoy harta de seguir todos esos estereotipos o de no querer incomodar a nadie porque me da miedo que me miren mal. Es demasiado limitante vivir así. Honestamente, es agotador y no veo la verdadera razón por la que debo seguir estas limitaciones que solo existen en nuestras cabezas que la gente nos ha enseñado, pues es lo que han aprendido. Creo que vivir es mucho más que ese ambiente donde la gente sonríe pero dentro de sí está esperando el momento en que fracasés, el momento perfecto para pasarte por encima y dejarte en ridículo.

No me gusta, no tiene por qué gustarme. Entonces ¿por qué no podemos estar bien? ¿Cuándo se puso esa regla tácita? Y si estás leyendo esto y me decís que nadie la ha puesto, que no debería suponer esto porque uno puede vivir bien sin pensar en ello, tenés razón, pero aún así sucede. Algo que a mí siempre me carcomió fue tener las etiquetas en mi espalda de todas las personas que desaprobaron mi existencia. Y, aunque dijera que yo no vivo siguiendo las etiquetas, llegaban personas a decirme que estas eran algo que no se podía evitar. Si se ve del lado de la psicología, se podría decir que es porque el ser humano necesita encasillar y dividir toda la información para poder entenderla.

¿Entender qué? Nadie me va a entender porque no se llaman igual que yo, no sienten de la misma manera en la que siento yo, porque no viven como vivo yo y por la simple razón de que nadie es como yo. Todos somos personas distintas, únicas a nuestra manera, y está en mis manos decidir si quiero ser igual a otra persona, ser una copia de lo que piden, o si seguir mi camino.

A estas alturas no puedo dejar de reírme, de saber que hace unos días yo anhelaba calzar en las medidas de 90-60-90, que quería tener unos centímetros de altura menos porque no me gustaba sentirme alta, que quería tener la facilidad social como mucha gente la tiene, que quería una familia de televisión, que quería dejar de ser yo cada vez que me levantaba de mi cama o siquiera abría mis ojos. Pero después de que sé el esfuerzo que requiere dejar de maltratarme mentalmente, después de estar consciente de mis palabras, pues con estas me rebajo y me quito valor, después de ver que yo tengo muchísimo para dar y todo lo que quiero darle al mundo, sé que valgo la pena. Sé que soy una buena persona, sé que tengo fallas, que hay muchísimas cosas que seguiré trabajando a pesar de haber terminado el libro, porque es un proceso que nunca acaba, como mencioné al principio de esta historia.

Siempre me pareció frustrante cuando me decían que yo decidía si deprimirme o no; sin embargo, entendí que no está en mis manos tener depresión o ansiedad, que es algo sumamente normal hoy, porque la gente que nos guía los primeros dieciocho años de nuestras vidas, sean nuestras familias, colegios o la misma sociedad nos somete un montón de reglas que en unos años serán olvidadas y reemplazadas por otras. No todas las personas somos perfectas, no tengo ningún problema con caminar junto al grupo de personas imperfectas a mi lado. La verdad me da pereza ser perfecta, tener que vivir como esclava de las normas sociales que jamás me darán el amor que me merezco.

Hace un año, escribí un pequeño ensayo. Si bien no fue seleccionado en el concurso, me gustó como quedó. En ese ensayo, hablaba sobre lo mucho que creía en la imperfección, ya que al final no existe un momento 100% bueno, como tampoco uno completamente malo. Pondré el ejemplo del vaso medio lleno o medio vacío. Honestamente, nunca lo he aplicado en mi vida, tal vez porque soy de esas personas a las que les gusta tener su vaso con el líquido hasta el tope, y me frustraba que en las fiestas de niña siempre me sirvieran hasta la mitad. Pero ese no es el tema, a lo que voy es a que el vaso nunca estará vacío ni lleno, porque al tener la mitad llena dejará la otra vacía, técnicamente está sucediendo todo al mismo tiempo. Está medio vacío como también está medio lleno.

"

Está sucediendo todo al mismo tiempo.

Si lo aplicamos a la vida cotidiana, todo momento siempre tendrá tanto algo positivo como algo negativo. Una vez leí una frase que preguntaba si mi día había sido malo o si tan solo cinco minutos de mi vida habían sido negativos y había dejado que esto arruinara el resto de mi tarde. La verdad esa frase me gustó bastante, pues es cierta. Solo es un pequeño período del día que es "malo" o negativo, y no por eso hay que dejar que el resto se haga pesado.

Ahora que estoy dejando mi lado negativo, me doy cuenta de que, a pesar de siempre procurar no ser una persona pesimista, he dejado que toda la densidad de las emociones negativas me guíe por la vida. No estoy segura de si este sentimiento de satisfacción personal o de sentir que llené un vacío significa que voy en buen camino para integrar completamente el amor propio. Posiblemente me haga falta madurar en el tema, aprender cosas nuevas y entender otro montón. No obstante, no puedo evitar pensar lo emocionante que suena.

Me sorprende, porque honestamente pensé que sería algo muchísimo más complejo. Al final, lo reduje a cambiar mi manera de pensar de mí misma y todo lo demás comenzó a fluir. Sin embargo, sé que es distinto para todas las personas allá afuera, y claro, cambiar de imagen física, con ropa nueva, maquillaje y demás es genial, uno se siente de maravilla, etc. Pero esas cosas se mantienen en lo material.

❝

No somos objetos como para que algo superficial nos llene tan fácil.

Hace poco me volví a maquillar, posiblemente la última vez que me había maquillado fue hace un año. Realmente es raro verme con maquillaje, no porque no me guste, sino que me da demasiada pereza. Se tarda poniendo el maquillaje y quitándomelo al final del día cuando ya se estoy re cansada. Además, me da demasiada flojera. Pero apenas me vi en el espejo me di cuenta de que me veía demasiado rara. Era el mismo estilo de maquillaje que llevo haciendo desde que aprendí lo básico, sumamente simple, y aún así me veía extraña.

Supongo que es por la falta de costumbre del uso del maquillaje, pero me sentí como cuando una vez me pusieron una gran cantidad de cosas en la cara para un evento importante, y cuando me vi al espejo no pude evitar sentir que me habían puesto una máscara encima. No me reconocía.

Estos días que he procurado cambiar mis hábitos en los ámbitos más presentes de mi vida, me sentí como si me quitara tres toneladas de maquillaje. Sentí que encontraba partes de mí que la verdad nunca había visto o me negaba conocer. Me he dado cuenta de lo que realmente disfruto ser yo, de lo libre que me siento al no tener que estresarme por el futuro, porque, lo que tenga que pasar, pasará.

Sé que este sentimiento no será para siempre, pero tampoco me quiero predisponer a la posibilidad de que en algún punto de mi vida vuelva a caer. No importa que sea temporal, estoy dispuesta a alargar su tiempo lo más que pueda. Y es que, la verdad, soy demasiado joven como para preocuparme por todo. Una vez escuché a un padre decirle a su hijo que, en la adolescencia, no tenía sentido que él se sintiera mal, ya que estamos pasando una etapa donde no tenemos muchas responsabilidades aparte del colegio; solo tenemos que enfocarnos en crecer y estudiar. Sin embargo, creo que en la adolescencia sí hay razones para perderse en el camino, porque al final del día crecer no es fácil. No es algo que se asimile a respirar, uno debe darse contra las paredes una y otra, y otra vez antes de darse cuenta de que hay una ventana y una puerta abierta y que se puede salir por cualquiera de las dos.

Cuando cumplí mis diecisiete años, sentí un gran peso venirse encima, y cada vez que los profesores hablaban de la universidad sentía que ese peso se agrandaba. Conforme los días pasaban y se marcaban en mi reloj, me sofocaba ante el pensamiento de que en mi próximo cumpleaños entraría al mundo de la adultez. Puede que ahora la gente piense que uno se hace realmente adulto a los treinta pues los jóvenes de hoy son un desastre. No obstante, el próximo año seré capaz de votar, de sacar una licencia de conducir, legalmente seré reconocida como habitante de un país, ya no estaré en un colegio, sino que estaré en la universidad o trabajando. Todo ese peso me grita que seré libre de moverme como los adultos, pero también me recuerda constantemente de la inmensa cantidad de responsabilidades que requiere. Es jodidamente estresante.

Sin embargo, no está sucediendo en este momento y todavía me quedan unos meses antes de que vuelva a ser mi cumpleaños para disfrutar del final de esta etapa. Si me vuelvo a caer, me levantaré sin ser yo la que esta vez ponga las piedras en el camino. Quiero estar bien, quiero saber que puedo estar bien porque no tiene absolutamente nada de malo.

Creo que nadie merece estar en un pozo sin fondo. La verdad, ese sentimiento de desesperación no se lo desearía jamás a nadie. Sé lo duro que es frenar la caída, lo que cuesta salir de ahí, lo horrible que se siente saber que estás solo, pero que si no tomás cartas en el asunto no saldrás nunca. No obstante, cuando nos sentimos mal o no estamos en nuestro mejor momento, hay que saber que alguien en el mundo sabe lo que se siente pasar por lo que estemos pasando. Tal vez lo haya vivido de una manera distinta. Aun así, ya pasó "por donde asustan". Tal vez estemos solos, pero hay personas que comparten nuestra soledad y que saben que al final del día, sus sentimientos serán comprendidos por otra persona que lo haya vivido. El otro día me di cuenta que, a decir verdad, me gusta sentirme fuerte, capaz y suficiente. Es algo que marca mucho mi personalidad. A veces es muy cansado mantener constantemente ese estado de fortaleza; sin embargo, al final del día, es algo que efectivamente me gusta.

Muchos me han dicho que, al ser una persona con ciertas características, me sentiría incomprendida y sola, o me sería más difícil experimentar ciertas cosas. Otras personas me han insultado sin razón, y eso me hizo sentir vulnerable. Ahora sé que, sin importar el nivel de dificultad, tarde o temprano lograré superar el obstáculo.

Acerca de la vulnerabilidad, creo que a nadie le gusta sentirse vulnerable, y en lo personal es algo que odio, me da muchísima vergüenza dejar que las personas me vean en ese estado. Sea un psicólogo o un familiar o alguna amistad, realmente lo odio. Siempre me he limitado a mí misma de sentir ciertas cosas o de hacer otras porque no puedo controlar lo que esté pensando la otra persona. Esto puede causar un grado de vulnerabilidad. Sentirse vulnerable no está mal; al final de cuentas, todos lo somos. Cuando me topé con mi lado vulnerable, me di cuenta de que lo único que podía hacer era abrazar esa parte de mí, darle consuelo, entenderla, abrirme a la realidad de que no soy de piedra, que me doblo y que aprendo (pero no me quiebro). Muchas veces ignoré a personas que venían a pedirme un consejo, porque no quería pensar en que yo también podría llegar a ese estado de vulnerabilidad.

Para mí es algo automático evadir a las personas, soy muy buena para ocultarme de ciertas situaciones que requieren poner mi corazón en una bandeja y esperar a que la persona que sostiene la bandeja no lo deje caer. Pero me di cuenta de que no puedo escuchar a las demás personas si no permito que nadie me escuche, o si no me escucho a mí misma. Siendo honesta, escuchar no es mi pasatiempo favorito, no por ser pesada ni nada, simplemente me duele cuando veo a personas pasarla mal y sentirme impotente porque lo único que puedo hacer es sentarme a escucharlas. Es algo que me causa un mal rato, pero también sé lo que es querer a alguien que te escuche y no tenerlo, por eso ofreceré ese servicio siempre. Ahora que me siento estable, ahora que sé que soy capaz de salir adelante por mis propios medios, ya no me da pavor escuchar a las demás personas.

Antes mencioné que no me gustaba cuando las personas me tomaban de psicóloga, porque cuando yo ocupaba lo mismo, estas decidían darme la espalda. Sentía que en este tipo de amistades yo daba todo de mí, pero a cambio no recibía ni una tercera parte. Aprendí a reconocer que las personas siguen un mismo patrón, y una vez que lo hago, lo único que me queda por hacer es... alejarme de ahí. El otro día fui a una cita con el psicólogo y le dije que no tenía ni idea de lo que quería. Siempre he sido una persona que sabe lo que quiere, que se decide fácilmente y cumple sus metas; ahora bien, en este preciso momento sé que no sé lo que quiero. Lo que sí puedo decir con certeza son las cosas que no quiero, que no permitiré de nuevo o que sacaré de mi vida. (Algo es algo, no? jeje)

Me perdí en el trayecto, pero encontrando el camino he podido ver la persona que era y lo que quería dejar de ser. También he podido ver la persona que anhelo ser y la manera de llegar ahí. Me he dado cuenta de que no hay nada que temer en esta vida.

El otro día, alguien me dijo que una persona es feliz cuando encuentra su par de zapatos, al principio no lo entendí, luego me explicó que es el sentimiento de pertenencia en algún lugar, grupo, situación, etc. Sin embargo, yo no he encontrado mi par de zapatos, y posiblemente tarde un buen rato en encontrarlo ya que no le puedo gustar a todo el mundo y no todos me irán a aceptar tal cual. Lo que sí encontré fue la paz de saber de que puedo gustarme a mí misma, no necesito la aprobación ni el permiso de nadie para amar cada centímetro de mi ser. No encontré mi par de zapatos al escribir este libro, pero encontré mi hogar. Y es que yo soy mi propio hogar, soy mi pilar, mi felicidad y eso nadie me lo puede quitar. Al final del día, sé que no necesito del permiso de nadie para vivir, ni de la aprobación o la opinión de los demás acerca de mí o de mi vida, solo mi propio permiso, mi propia decisión y mi propia aprobación. Mi manera de verme es la que más me debe de importar, pues mis puntos de vista son válidos, porque este proceso me ha enseñado que puedo amarme, que me lo merezco, que merezco saber lo que se siente volar y rozar las nubes con mis dedos. Si tomaré la decisión de vivir, quiero vivir bien, feliz, sin miedo, sin estresarme por cosas innecesarias, sonriendo y aprendiendo.

"

Yo puedo gustarme a mí misma, no necesito la aprobación ni el permiso de nadie para amar cada centímetro de mi ser.

Quiero vivir de manera saludable y llena, pero no por lo externo, sino que mi felicidad y motivación interna me mantengan en plenitud y calma. Las decisiones de los demás a mi alrededor no son las mías, esta es mi vida y estoy decidida a querer vivirla, valorarla y amarla, no veo por qué debo seguir aceptando maltratos ajenos o propios. No tengo por qué aceptar cosas insignificantes como bromas, humillaciones o heridas más grandes. Lo que pasó ya pasó y no podré hacer nada al respecto. Sin embargo, escribiré mi futuro de nuevo, porque es ahí donde prometí que todo este esfuerzo no sería en vano, porque de ahora en adelante, cada día en el que me levanto, es el día en el que prometo no morir.

Agradecimientos

Suelo ver esta página al inicio de los libros que he leído. Supuse que lo normal sería escribirla antes, sin embargo, decidí hacerla al final para realmente agradecer por el tiempo invertido en este libro, fuera a las personas que me ayudaron a escribirlo, editarlo, comprarlo o leerlo. Me gustaría agradecerte querido lector, por llegar hasta el final del inicio de esta gran aventura. Por ser parte de mi gran caminata por esta montaña y poder ver la cima conmigo.

Agradezco a todas las personas que me apoyaron en el proceso de cumplir mi más grande sueño, fuera de manera emocional, con palabras o con acciones, aún siendo amante de la escritura, no tengo suficientes palabras para describir el gran agradecimiento que tengo ante todas estas personas.

CPSIA information can be obtained
at www.ICGtesting.com
Printed in the USA
BVHW061001270321
603568BV00005B/771